# Princesa
à espera

## OBRAS DA AUTORA PUBLICADAS PELA GALERA RECORD

*Avalon High*
*Avalon High — A coroação: a profecia de Merlin*
*Cabeça de vento*
*Sendo Nikki*
*Como ser popular*
*Ela foi até o fim*
*A garota americana*
*Quase pronta*
*O garoto da casa ao lado*
*Garoto encontra garota*
*Todo garoto tem*
*Ídolo teen*
*Pegando fogo!*
*A rainha da fofoca*
*A rainha da fofoca em Nova York*
*A rainha da fofoca: fisgada*
*Sorte ou azar?*
*Tamanho 42 não é gorda*
*Tamanho 44 também não é gorda*
*Tamanho não importa*
*Liberte meu coração*
*Insaciável*
*Mordida*

**Série O Diário da Princesa**
*O diário da princesa*
*Princesa sob os refletores*
*Princesa apaixonada*
*Princesa à espera*
*Princesa de rosa-shocking*
*Princesa em treinamento*
*Princesa na balada*
*Princesa no limite*
*Princesa Mia*
*Princesa para sempre*
*Lições de princesa*
*O presente da princesa*

**Série A Mediadora**
*A terra das sombras*
*O arcano nove*
*Reunião*
*A hora mais sombria*
*Assombrado*
*Crepúsculo*

**Série As leis de Allie Finkle para meninas**
*Dia da mudança*
*A garota nova*
*Melhores amigas para sempre?*

**Série Desaparecidos**
*Quando cai o raio*
*Codinome Cassandra*

# MEG CABOT

# Princesa
## à espera

Tradução de
MARIA CLÁUDIA DE OLIVEIRA

13ª edição

Rio de Janeiro | 2012

CIP-Brasil. Catalogação na fonte
Sindicato Nacional dos Editores de Livros, RJ.

C116p  Cabot, Meg, 1967-
13ª ed.  Princesa à espera/ Meg Cabot: tradução de Maria Cláudia
 de Oliveira. – 13ª ed. – Rio de Janeiro: Galera Record,
 2012.
 256p.:

Tradução de: Princess in waiting
Continuação de: A princesa apaixonada
ISBN 978-85-01-06808-8

1. Romance americano. I. Oliveira, Maria Cláudia de.
II. Título.

                            CDD – 813
03-1725                     CDU – 821.111(73)-3

Título original norte-americano
PRINCESS IN WAITING

Copyright © 2003 by Meggin Cabot

Todos os direitos reservados. Proibida a reprodução,
no todo ou em parte, através de quaisquer meios.

Texto revisado segundo o novo Acordo Ortográfico da Língua Portuguesa.

Direitos exclusivos de publicação em língua portuguesa para o Brasil
adquiridos pela
EDITORA RECORD LTDA.
Rua Argentina 171 – Rio de Janeiro, RJ – 20921-380 – Tel.: 2585-2000
que se reserva a propriedade literária desta tradução

Impresso no Brasil

ISBN 978-85-01-06808-8

EDITORA AFILIADA

Seja um leitor preferencial Record.
Cadastre-se e receba informações sobre nossos
lançamentos e nossas promoções.

Atendimento e venda direta ao leitor:
mdireto@record.com.br ou (21) 2585-2002

*Para Walter Schretzman
e os muitos outros que espalham
suas doações por Nova York com tanta abnegação.*

*Não pensem que nós não reparamos.*

*Obrigada.*

# Agradecimentos

Muito obrigada a Beth Ader, Alexandra Alexo, Jennifer Brown, Kim Goad Floyd, Darcy Jacobs, Laura Langlie, Amanda Maciel, Abby McAden e Benjamin Egnatz.

Agradecimentos atrasados à família Beckham, especialmente Julie, por me deixar, com tanta generosidade, pegar emprestado o uniforme engolidor de meias de Molly!

"Se eu fosse uma princesa", murmurou ela, "eu poderia distribuir donativos à população. Mas mesmo que eu seja apenas uma princesa de mentira, posso inventar pequenas coisas para fazer para as pessoas. Vou fingir que fazer coisas para as pessoas é como distribuir donativos."

A PRINCESINHA
FRANCES HODGSON BURNETT

# Quinta-feira, 1º de janeiro, meia-noite, Quarto real genoviano

## MINHAS RESOLUÇÕES DE ANO-NOVO
## POR PRINCESA AMELIA MIGNONETTE
## GRIMALDI THERMOPOLIS RENALDO,
## IDADE 14 ANOS E 8 MESES

1. Vou parar de roer as unhas, incluindo as falsas.
2. Vou parar de mentir. Grandmère sabe quando estou mentindo mesmo, graças a minhas narinas traidoras, que inflam toda vez que eu conto uma mentira, então não há nenhuma razão para tentar não ser totalmente verdadeira.
3. Jamais vou me desviar do roteiro preparado enquanto faço comunicados pela televisão ao povo genoviano.
4. Vou parar de dizer *merde* por acaso na frente das damas de companhia.
5. Vou parar de pedir a François, meu guarda-costas genoviano, para me ensinar palavrões em francês.
6. Vou me desculpar com a Associação Genoviana de Plantadores de Oliveiras por causa daquele negócio dos caroços.
7. Vou me desculpar com o Chef Real por passar escondido para o cachorro de Grandmère aquele pedaço de *foie gras* (apesar de eu ter dito várias vezes à cozinha palaciana que não como fígado).

8. Vou parar de dar lições de moral à Imprensa Real Genoviana sobre os males do fumo. Se todos eles querem desenvolver câncer de pulmão, é problema deles.
9. Vou alcançar a autorrealização.
10. Vou parar de pensar tanto em Michael Moscovitz.

Ah, espera aí. Tudo bem pensar em Michael Moscovitz, POR-QUE ELE AGORA É MEU NAMORADO!!!!!!!!!

MT + MM = AMOR VERDADEIRO PARA SEMPRE

# Sexta-feira, 2 de janeiro, duas da tarde, Parlamento Real Genoviano

Sabe, eu achava que estava de férias. Sério. Quer dizer, essas são as minhas férias de inverno. Eu tinha que estar me divertindo, me recarregando mentalmente para o semestre que está chegando e que não vai ser fácil, já que vou estar entrando em Álgebra II, sem mencionar a aula de Saúde e Segurança. Todo mundo na escola ficou tipo assim, "*Oh, você é tão sortuda, vai passar o Natal num castelo sendo servida o tempo todo*".

Bem, em primeiro lugar não tem nada de tão maravilhoso no fato de viver em um castelo. Porque sabe o que mais? Castelos são totalmente velhos. E pois é, esse aqui não foi construído em 4 d.C., ou quando quer que seja que minha ancestral Princesa Rosagunde tinha se tornado a administradora de Genovia. Ele na verdade foi construído em, tipo assim, 1600, e me deixe contar a você o que eles não tinham em 1600:

1. TV a cabo
2. Conexão digital
3. Banheiros

O que não quer dizer que não há uma antena via satélite agora, mas alô, essa é a casa do meu pai; os únicos canais que ele tem programados são tipo CNN, CNN Notícias Financeiras e o canal de golfe. Eu queria saber onde está a MTV 2? Onde está o Canal Lifetime Movie para Mulheres?

Não que isso importe muito, porque estou passando todo o meu tempo sendo apressada pelos outros. Não é como se eu sempre tivesse um momento livre para pegar um controle remoto e aí falar "Hum, hum, será que tem um filme de Tracey Gold passando?"

Ah, sim, e os banheiros? Deixe-me contar a você que nos anos 1600 eles simplesmente não sabiam muita coisa sobre esgotos. Então agora, quatrocentos anos mais tarde, se você resolver colocar um monte de papel higiênico no vaso e tentar dar a descarga, você cria uma mini *tsunami* dentro de casa.

Então é isso. Esta é minha vida em Genovia.

Todos os outros garotos e garotas que conheço estão passando as férias de inverno esquiando em Aspen, ou se bronzeando em Miami.

Mas eu? O que *eu* estou fazendo em minhas férias de inverno?

Bem, aqui estão os pontos principais da nova *agenda* que Grandmère me deu de presente de Natal (que garota não adoraria receber uma *agenda* de Natal?) sobre o que eu fiz até agora.

# Domingo, 21 de dezembro
## Agenda Diária Real

Chegada em Genovia. Devido ao grande saco de Skittles consumido durante o voo, um quase vômito em cima do comitê de boas-vindas oficial de Genovia, que veio ao aeroporto para me saudar quando eu desembarquei do avião.

Um dia inteiro sem ver Michael. Tentei ligar para ele na casa dos avós em Boca Raton, onde os Moscovitzes foram passar as férias de inverno, mas ninguém respondeu, talvez por causa da diferença de fuso horário, Genovia estando seis horas adiante da Flórida.

# Segunda-feira, 22 de dezembro
## Agenda Diária Real

Durante tour pelo cruzador *Prince Phillipe* tropeço na âncora, acidentalmente lançando o Almirante Pepin dentro do ancoradouro genoviano. Mas ele ficou bem. Eles o pescaram com um arpão.

Mas por que eu sou a única pessoa neste país que considera a poluição um tema importante? Se as pessoas vão atracar seus iates no ancoradouro genoviano, devem prestar muita atenção ao que estão jogando para fora. Quer dizer, golfinhos ficam o tempo todo com os narizes presos nessas embalagens plásticas de cerveja, e depois eles morrem de fome porque não conseguem abrir as bocas para comer. Tudo o que as pessoas têm de fazer é cortar os sacos antes de jogá-los fora, aí tudo iria bem.

Bom, está certo, nem *tudo*, já que em primeiro lugar não se deveria estar jogando lixo no mar.

Simplesmente não consigo aguentar ficar sem tomar uma atitude enquanto indefesas criaturas do mar estão sendo agredidas por um monte de viciados em Bain de Soleil em busca daquele bronzeado perfeito de Saint-Tropez.

Dois dias sem ver Michael. Tentei ligar para ele duas vezes. Da primeira vez, sem resposta. Da segunda vez, a avó de Michael atendeu e disse que por pouco eu não tinha falado com ele, já que Michael tinha ido à farmácia pegar a prescrição de talco para os pés de seu avô. Isso é tão a cara dele, sempre pensando nos outros antes de si mesmo.

# Terça-feira, 23 de dezembro
## Agenda Diária Real

No café da manhã com a Associação Genoviana de Plantadores de Oliveiras mencionei que a aridez fora de estação que afligia a área do Mediterrâneo devia ser um "caroço engasgado". Ninguém pareceu achar essa piada particularmente engraçada, particularmente os membros da Associação de Plantadores de Oliveiras.

Três dias sem ver Michael. Sem tempo de telefonar devido à controvérsia do caroço.

# Quarta-feira, 24 de dezembro
# Agenda Diária Real

Fiz a saudação televisiva de Véspera de Natal para o povo genoviano. Acabei deixando de lado os discursos preparados, e mencionei a quantidade de rendimentos gerados em cinco municípios de Nova York por parquímetros, e expressei a crença de que instalar parquímetros em Genovia contribuiria bastante para a economia nacional, enquanto também desencorajaria viajantes de excursões baratas a se aventurarem dentro de nossas fronteiras. Ainda sem ideia de porque Grandmère ficou tão furiosa com essa coisa toda. Os parquímetros de Nova York NÃO são pragas horrivelmente feias na paisagem. A maior parte do tempo eu nem os noto. Mesmo.

Quatro dias SVM (sem ver Michael).

# Quinta-feira, 25 de dezembro, Natal
## Agenda Diária Real

FALEI COM MICHAEL FINALMENTE!!!!!!! Finalmente capaz de alcançá-lo. A conversa de alguma forma ficou forçada, entretanto, já que meu pai, minha avó e meu primo René estavam todos no aposento do qual eu estava ligando, e os pais, avós e a irmã de Michael estavam no aposento onde ele estava recebendo a ligação. Ele me perguntou se ganhei alguma coisa boa de Natal, e eu disse não, nada além de uma *agenda* e um cetro. O que eu queria era um celular. Perguntei a Michael se ele tinha ganhado alguma coisa boa de Hanukkah, e ele disse não, nada além de uma impressora colorida. O que é ainda melhor do que o que eu ganhei, se você quer saber minha opinião. Embora o cetro seja excelente para empurrar as cutículas.

Estou tão aliviada por Michael não ter esquecido tudo a meu respeito. Sei que meu namorado é altamente superior a todos os outros membros de sua espécie — garotos, quero dizer. Mas todo mundo sabe que os garotos são que nem cachorros —, a memória de curto prazo deles é completamente nula. Você diz a eles que seu personagem de ficção favorito é Xena, a Princesa Guerreira, e a próxima coisa que você percebe é que eles estão falando que sua personagem de ficção favorita é Xica da Telemundo. Garotos simplesmente não sabem de nada, por causa de os cérebros deles estarem muito cheios de coisas sobre modems e *Star Trek Voyager* e Limp Bizkit e tudo.

Michael não é exceção a esta regra. Ah, eu sei que ele vai ser um dos oradores na formatura da turma dele, que recebeu notas perfeitas nos SATs* e foi aceito por antecipação em uma das mais prestigiadas universidades do país. Mas você sabe que ele levou mais ou menos cinco milhões de anos só para admitir que gostava de mim. E que isso só aconteceu depois que eu mandei todas aquelas cartas de amor anônimas para ele. Que acabaram não sendo tão anônimas porque ele sabia totalmente que era eu o tempo todo, graças a todos os meus amigos, incluindo a irmã mais nova dele, que têm aqueles bocões tão excepcionalmente grandes.

Mas que seja. Só estou dizendo que cinco dias é muito tempo para passar sem ouvir nenhuma palavra de seu verdadeiro amor. Quer dizer, o namorado de Tina Hakim Baba, Dave Farouq El-Abar, às vezes fica esse tempo todo sem ligar para ela, e Tina sempre fica convencida de que Dave conheceu uma garota melhor do que ela. Ela até o confrontou uma vez com isso, dizendo a ele que ela o amava e que ficava magoada quando ele não ligava... o que apenas fez com que ele nunca mais ligasse, já que Dave revelou ser um cara que tem fobia de compromisso.

Seria muito fácil para Michael conhecer uma garota melhor do que eu. Quer dizer, deve haver milhões de garotas por aí que têm coisas realmente a favor delas, além de ser uma princesa, e que não têm de passar suas férias engaioladas num palácio com suas avós malucas e seus cachorros carecas e alucinados.

---

*Correspondente americano do ENEM. (*N. do E.*)

E apesar de, quando Tina começa a insistir que Dave a está traindo, nós todas falarmos "Oh, ele não está", acho que eu estou começando a saber como ela se sente. Falei com mamãe e o sr. Gianini. Eles estão bem, os dois, embora minha mãe ainda não queira deixar o médico contar a ela o que vai ter — menino ou menina. Mamãe diz que não quer saber, já que se for um menino ela não vai ter de parto normal, por não querer trazer outro opressor com cromossomo Y para o mundo (o sr. G diz que isso são só os hormônios se manifestando, mas não tenho certeza. Minha mãe pode ser muito anticromossomo Y quando ela resolve). Eles colocaram Fat Louie no telefone para que eu pudesse desejar a ele um feliz Natal, e ele ronronou concordando, então eu sei que ele está passando bem também.

5 DSVM

# Sexta-feira, 26 de dezembro
## Agenda Diária Real

Forçada a observar pai e primo René jogarem torneio de golfe de caridade contra Tiger Woods. Tiger venceu (sem surpresa) já que papai é de meia-idade e o príncipe René confessou ter comparecido a uma festa de degustação de aguardente de uva na noite anterior. O único esporte mais entediante que o golfe é o polo. Serei forçada a observar papai e o primo René jogarem *isso* no mês que vem — embora tecnicamente, de qualquer maneira, René mal seja meu primo de verdade. Ele é tipo um primo em milésimo centésimo grau.

E mesmo ele sendo um príncipe, a lei italiana não permite mais que ele coloque os pés em sua terra natal, devido aos socialistas terem botado para correr todos os membros da família real italiana. O palácio dos ancestrais do pobre René agora pertence a um famoso designer de sapatos, que o transformou num resort para americanos ricos passarem o fim de semana e fazerem sua própria massa e beberem vinagre balsâmico de duzentos anos.

René não parece se importar, entretanto, porque aqui em Genovia todo mundo ainda o chama de Sua Alteza o Príncipe René, e são estendidos a ele todos os privilégios dados aos membros de uma família real.

Além do mais, só porque René é quatro anos mais velho do que eu, e príncipe e esteja no primeiro ano de uma faculdade francesa de administração, não quer dizer que ele tenha o direito de me dar ordens. Quer dizer, acredito que jogatinas são moralmente erradas, e o fato de que René passe tantas horas na roleta em vez de utilizar seu tempo de forma mais produtiva me dá nojo. Mencionei isso a ele. Simplesmente me parece que René precisa perceber que há mais na vida do que correr por aí em seu Alfa Romeo, ou nadar na piscina interna do palácio sem usar nada além daquelas sunguinhas pretas, que estão muito na moda aqui na Europa (pedi a meu pai para, por favor, pelo amor de tudo o que é mais sagrado, ficar de bermudas, o que, graças a Deus, ele fez).

E beleza, René simplesmente riu para mim.

Mas pelo menos eu posso ficar descansada sabendo que fiz tudo o que podia para mostrar a um príncipe extremamente autocentrado o erro de suas maneiras libertinas.

6 DSVM

# Sábado, 27 de dezembro
## Agenda Diária Real

Dia m. depressivo, já que é o aniversário de 25 anos da morte de Vovô. Tive de pendurar coroa de flores no túmulo, usar véu negro etc. O véu ficou colado no brilho nos lábios, não consegui tirá-lo soprando, finalmente tive de tirá-lo, o que fez com que o chapéu fosse levado pelo vento para dentro do mar do porto genoviano. O príncipe René pescou-o com a ajuda de algumas amigáveis banhistas de topless, mas o chapéu, é claro, jamais será o mesmo.

7 DSVM

# Domingo, 28 de dezembro
## Agenda Diária Real

Príncipe René pego se divertindo com amigáveis banhistas de topless na casa de máquinas da piscina. Grande sermão de meu pai, que pensa que aos 18 anos René devia ter consciência de que ele tem uma responsabilidade por ser o "Príncipe William do Continente", tirando as joias da coroa, já que o lado da família de René tem apenas nome e não mais fortuna para se apoiar, e que aquelas garotas estavam apenas usando-o. René diz que não se importa de ser usado daquela maneira, e se *ele* não se importa, por que papai deveria? Isso apenas fez meu pai ficar ainda mais furioso, entretanto. Devia ter alertado René de que não é sábio antagonizar papai quando a veia no centro da testa está pulsando, mas não houve tempo.

Tentei ligar para Michael; recebi sinal de ocupado durante quatro horas. Ele devia estar on-line. Poderia ter mandado um e-mail para ele, mas só há computadores no palácio com acesso à internet nos escritórios administrativos, e as portas estavam trancadas.

8 DSVM

# Segunda-feira, 29 de dezembro
## Agenda Diária Real

Encontro com operadores de cassino genovianos. Fui desencorajada por sua insistência em manter o estacionamento com manobristas para seus patrões. Expliquei o crescimento substancial na renda gerada pelos parquímetros, mas fui rejeitada.

Pedi a papai chave própria para os escritórios da administração, para que eu possa mandar e-mails para Michael sempre que quiser, mas ele negou, também, devido a René ter sido pego nos escritórios da administração na semana passada, fazendo fotocópias de suas partes baixas. Assegurei a papai que eu jamais faria algo tão burro assim, já que não sou um príncipe sem casa e de sunguinha cheio de testosterona, mas o argumento, infelizmente, não fez efeito nos ouvidos dele.

Nove dias sem ver Michael, e acho que estou ficando LOUCA!!!!!!!!!!!!!!

# Terça-feira, 30 de dezembro
## Agenda Diária Real

MENSAGEM DE MICHAEL via telefonistas do palácio. Diz, *Estou com saudades, vou tentar ligar na bonne nuit.* Perguntei às telefonistas do palácio se têm certeza de que foi isso o que Michael disse, e elas insistiram que foi. Só que essa mensagem não faz sentido. *Bonne nuit* significa "boa-noite", não é nenhuma hora. Possivelmente há palavra em Klingon que pareça com *bonne nuit?* Sem tempo para ligar para Michael, entretanto, já que fiquei reunida o dia inteiro com o ministro da Defesa Genoviano, aprendendo o que fazer no caso nada provável de incursão militar de forças inimigas hostis.

10 DSVM

# Quarta-feira, 31 de dezembro
# Agenda Diária Real

Posei para retrato real. Instruída para não me mover e especialmente para não sorrir. Muito difícil não sorrir, entretanto, já que Rommel, o poodle de Grandmère, estava passeando por ali com um daqueles cones de plástico em volta da cabeça para que não pudesse arrancar o que sobrou de seu pelo. Rommel é o único cachorro que conheço com transtorno obsessivo-compulsivo que está fazendo com que ele se lamba até ficar careca. Todos os veterinários americanos pensaram que a perda de pelo de Rommel era devida a alergias. Então, quando chegamos a Genovia, o Veterinário Real ficou todo assim, "Alors! Issu é Tê-Ó-Cê!"

Não gosto de rir da desgraça de nenhuma criatura de quatro patas, mas Rommel estava engraçado por causa da maneira com que ele tinha perdido sua visão periférica e ficava se batendo nas armaduras e essas coisas.

O pintor do retrato real fala de seu desespero comigo. Deixa-me sair mais cedo para comparecer à Festa de Ano-Novo do palácio. Fiquei muito pra baixo, por não ter Michael lá para beijar à meia-noite. Tentei ligar para ele, mas os Moscovitzes deviam ter saído para alguma festa na praia ou na piscina, já que ninguém atendeu.

Sabe o que eles têm de montão na Flórida? Festas de praia e de piscina. Sabe quem vai a festas de praia e de piscina? Garotas de biquíni. Como as garotas daquele filme *Blue Crush*. Como aquela, Kate

Bosworth, que tinha um olho azul e outro marrom, e os shorts mínimos. É, aquela mesma. Eu queria saber como alguém pode querer competir com uma garota surfista com um olho azul e outro castanho?????

René tentou me beijar à meia-noite, mas eu disse a ele para ir beijar Grandmère. Ele tinha bebido tanto champanhe que realmente fez isso. Grandmère bateu nele com um cisne decorativo esculpido num abacaxi.

11 DSVM

# Quinta-feira, 1 de janeiro
## Agenda Diária Real

RECEBI E-MAIL DE MICHAEL!!!!!!! René roubou a chave dos escritórios da administração porque ele disse que tinha de "fazer umas consultas" no Netscape (ele estava claramente dando pontos às pessoas no Você É Ou Não É Sensual — eu peguei ele) e aconteceu que eu estava em meu caminho para a piscina interna do palácio, então pedi para entrar. René estava com uma grande de uma dor de cabeça, por causa de todo o champanhe que ele tinha bebido na noite passada, para me impedir de fazer aquilo.

Então me conectei e lá estava este e-mail de Michael!!!!!!! Acaba que ele NÃO estava numa festa com garotas tipo Kate Bosworth na noite passada:

Mia (ele escreveu) desculpe ter perdido seu telefonema, eu estava na festa de Ano-novo do clube do meu avô (ele tocaram Ricky Martin e achavam que estavam no máximo da modernidade). Você não recebeu meu recado? Bem, de qualquer maneira, feliz Ano-Novo e eu realmente estou com saudades de você e tudo o mais.

P.S. Eles estão mantendo você trancada numa torre aí ou o quê? Porque até os prisioneiros têm privilégios telefônicos. Vou ter de ir a Genovia e escalar suas tranças para salvar você ou algo assim?

Algum dia teve ALGUMA COISA mais romântica que isso? Ele realmente sente saudades de mim *e tudo o mais!* E você sabe o que *tudo o mais* quer dizer. Amor. Certo? Não é isso o que *tudo o mais* significa?

Erro cometido ao perguntar para René. Ele disse que um homem que não está querendo colocar seus verdadeiros sentimentos por uma mulher no papel não é um homem de verdade mesmo.

Eu disse a ele que aquilo não era papel, só e-mail, o que é diferente.

Não é?

Passei o dia inteiro visitando pacientes no Hospital Geral Genoviano. M. deprimente, não por causa dos pacientes, mas por causa do palhaço que o hospital contratou para divertir as crianças doentes. ODEIO PALHAÇOS!!!! Palhaços são m. assustadores para mim desde que eu li aquele livro *It,* de Stephen King, que foi transformado em filme para a TV estrelando aquele cara dos *Waltons.* É horrível o jeito com que os escritores podem pegar uma coisa perfeitamente inocente como um palhaço e transformá-lo num poço de maldade! Tive de passar o tempo todo no hospital fugindo do palhaço, só para o caso de ele ser uma cria de Satã.

12 DSVM

E agora aqui estou, em 2 de janeiro, simplesmente sentada numa sessão do Parlamento Real Genoviano, fingindo estar prestando atenção enquanto esses caras de peruca realmente velhos falam e falam sobre estacionamento.

O que, estou me dando conta, é totalmente minha própria culpa. Quer dizer, se em primeiro lugar eu não tivesse aberto a boca sobre toda essa história dos parquímetros, nada disso estaria acontecendo.

Mas como é que eles podem não saber que, se não pagarmos para estacionar, isso vai apenas encorajar mais pessoas a entrarem de carro pelas fronteiras francesa e italiana, em vez de tomarem o trem, obstruindo as ruas já muito barulhentas de Genovia e causando ainda mais tensão a nossa infraestrutura já deteriorada?

E acho que eu devia ficar orgulhosa porque eles estão levando minha sugestão tão a sério. Quer dizer, beleza, eu sou a Princesa de Genovia, mas o que *eu* sei? Só porque tenho sangue real e por acaso estou na turma de Superdotados e Talentosos da Escola Albert Einstein não significa que eu sou realmente superdotada OU talentosa. De fato, a verdade é o contrário. Eu claramente *não* sou superdotada, estando sempre na média em todas as categorias que você puder imaginar, com a possível exceção de tamanho de pé, na qual eu sou de alguma forma superfavorecida. E não tenho talentos dos quais falar. Na verdade, fui colocada na Superdotados e Talentosos só porque estava levando pau em álgebra e todo mundo decidiu que eu precisava de uma aula extra para estudar.

Então, sério mesmo, se você parar para pensar, é muito delicado da parte dos membros do parlamento genoviano escutar qualquer coisa que *eu* tenho a dizer.

Mas não posso realmente me sentir muito agradecida a eles, considerando que cada instante que passo aqui é outro instante que sou forçada a passar longe de meu verdadeiro amor. Quer dizer, já estou há treze dias e dezoito horas sem ver Michael. Isso são quase duas semanas. E durante todo esse tempo eu só falei com ele por telefone uma vez, devido a essa diferença de fuso entre aqui e os EUA e também a minha agenda de compromissos totalmente INJUSTA e FORA DA REAL. Quer dizer, onde, em minha agenda rígida, eu vou conseguir encontrar tempo para ligar para meu namorado? Onde?

Estou dizendo a você, isso é suficiente para eu ter um daqueles ataques-de-garota-de-quase-quinze-anos, pela maneira com que o destino está trabalhando contra mim e Michael. Nem mesmo tive tempo de comprar algo para o aniversário dele, que será daqui a três dias.

Eu só sou namorada dele há treze dias, e ele já vai ficar decepcionado comigo.

Bem, ele simplesmente terá que entrar na fila. De acordo com Grandmère, que deve saber bem das coisas, estou decepcionando todo mundo: Michael, o povo genoviano, meu pai, ela e quem quer que seja.

Realmente não entendo. Quer dizer, são apenas *parquímetros*, para falar bem claro.

Treze dias, dezenove horas sem ver Michael.

# Sábado, 3 de janeiro
## Agenda Diária Real

*8 da manhã — 9 da manhã*
*Café da manhã com a Equipe Olímpica de Hipismo de Genovia*
Eu realmente não tenho nada contra pessoas montadas, porque cavalos são totalmente maneiros. Mas *o que* a equipe da cozinha do palácio tem contra ketchup? Sério, desde que eu desisti da história de não comer laticínios/ovos, por conta de não poder viver sem queijo e o McDonald's ter começado a tratar humanamente as galinhas que chocam os ovos para os seus McMuffins de Ovos, eu não gosto de nada mais do que uma omelete de queijo no café da manhã. MAS COMO EU POSSO CURTIR ISSO SEM KETCHUP???? Quando eu voltar para Genovia da próxima vez, na certa vou trazer uma garrafa de Heinz comigo.

*9:30 da manhã — meio-dia*
*Inaugurar nova ala moderna do Museu de Arte Real Genoviano*
Aí, eu pinto melhor do que alguns desses camaradas, e eu sou completamente sem talento. Pelo menos eles colocaram uma das pinturas de minha mãe lá (Retrato da Filha da Artista com a Idade de Cinco Anos Se Recusando A Comer Cachorros-Quentes), então beleza.

*12:30 — 2:30 da tarde*

*Almoço com o embaixador genoviano no Japão*

Domo arigato.

*2:30 da tarde — 4:30 da tarde*

*Assistir à reunião do Parlamento Genoviano*

*De novo????* Passei toda a sessão pensando em Michael. Quando Michael sorri, às vezes um canto da sua boca fica mais alto do que o outro. Ele também tem lábios extremamente bonitos. E olhos escuros muito lindos. Olhos que podem ver as profundezas de minha alma. Sinto tanta saudade dele!!!!!!! Isso é mau. Eu devia ligar para a Anistia Internacional — É PUNIÇÃO CRUEL E HORRÍVEL ME MANTER LONGE DO HOMEM QUE AMO POR TANTO TEMPO!!!

*5 da tarde — 6 da tarde*

*Chá com a Sociedade de História Genoviana*

Eles realmente têm um monte de coisas muito interessantes para dizer sobre alguns de meus parentes. Foi muito ruim o príncipe René estar em Monte Carlo comprando um novo cavalo de polo. Ele teria aprendido umas coisinhas.

*7 da noite — 10 da noite*

*Jantar formal com membros da Associação Genoviana de Comércio*

Tudo bem, René teve sorte de perder isso.

35

## 14 DSVM

Não acho que serei capaz de suportar isso por muito mais tempo.

*Poema para M.M.*

*Do outro lado do mar profundo, azul e brilhante,*
*Está Michael, de mim muito distante.*
*Mas ele não parece estar tão longe —*
*Embora eu não o veja há catorze dias —*
*Porque em meu coração Michael ficará*
*E por ele para sempre baterá.*

Posso ver que vou ter que trabalhar duro se quiser fazer um tributo digno de meu amor.

# Domingo, 4 de janeiro
## Agenda Diária Real

*9 da manhã — 10 da manhã*
*Missa na Capela Real Genoviana*
Achei que ir à igreja iria me preencher com uma sensação de auxílio e bem-estar espiritual. Mas tudo o que sinto é sono.

*10:30 da manhã — 4 da tarde*
*Passeio com a Família Real de Mônaco, no Iate Real Genoviano*
Por que eu sou a pessoa menos bronzeada de Genovia? E o que rola com René e as sunguinhas? Quer dizer, você pode totalmente dizer que ele acha que é aquilo tudo. E todas aquelas garotas gritando o nome dele no cais só fazem encorajá-lo. Imagino se elas ainda seriam tão loucas por ele se alguém contasse a elas que peguei René cantando uma música do Enrique Iglesias na frente da parede espelhada no Salão de Recepções, usando meu cetro como microfone.

*4:30 da tarde — 7 da noite*
*Aulas de princesa com Grandmère*
Até em Genovia, isso não termina. Como se eu não percebesse totalmente por que todo mundo está com tanta raiva por causa daquela história toda do discurso. Quer dizer, eu já jurei que jamais vou me desviar do roteiro preparado quando estiver me dirigindo à população genoviana. Por que ela tem que ficar VOLTANDO AO ASSUNTO?

37

*7 da noite — 10 da noite*
*Jantar formal com o primeiro-ministro da França e sua família*

René desapareceu por quatro horas com a filha de 21 anos do primeiro-ministro. Eles disseram que simplesmente foram jogar na roleta, mas se isso fosse verdade, por que eles estavam sorrindo tanto quando voltaram? Se René não ficar ligado, ele vai ter um principezinho para criar, mais cedo do que ele pensa.

15 DSVM

Tentei ligar para ele duas vezes hoje. A avó de Michael atendeu da primeira vez e disse que Michael tinha ido à loja de computadores para comprar um novo cartucho para a impressora. Depois o pai dele atendeu e disse que Michael e Lilly tinham ido com seus avós ver o último James Bond no cinema. Caras sortudos!!!!!!!!!!!!!!!!!!!!!!!!!!!!!!!

# Segunda-feira, 5 de janeiro
## Agenda Diária Real

*8 da manhã — 9 da manhã*
*Café da manhã com a Companhia de Balé Real Genoviana*
Esta é a primeira vez que vejo René acordado antes das 10 da manhã.

*9:30 da manhã — meio-dia*
*Comparecer a workshops de balé, performance particular de* A Bela Adormecida
Não sei se Lilly está certa sobre o balé ser totalmente sensual. Quer dizer, os caras têm de usar malhas, também. O que realmente é informação demais, se você entende o que quero dizer.

*12:30 — 2 da tarde*
*Almoço com o ministro genoviano de Turismo*
Será que ninguém vai reconhecer que minha ideia do parquímetro tem mérito? Além do mais, todo o tráfego a pé dos viajantes que saem dos navios de cruzeiros que ancoram no porto genoviano está destruindo algumas de nossas pontes historicamente mais importantes, como a Ponte das Virgens, assim nomeada depois que minha ta-ta-ta-ta-ta-ta-tataravó Agnes, que se jogou dali para não se tornar uma freira como seu pai queria que ela fosse (ela ficou bem: a marinha real pescou-a e ela terminou fugindo com o capitão do navio, para total consternação da Casa de Renaldo). Não ligo para o quanto o

produto interno bruto de Genovia depende dos passageiros de navios de cruzeiro. Eles estão arruinando TUDO!

*2:30 da tarde — 4:30 da tarde*
*Assistir ao pronunciamento de papai para a imprensa local sobre a importância de Genovia como participante global na economia internacional de hoje*
Que seja. Eu poderia ficar *mais* entediada? Michael! Oh, Michael! Onde estais vós, Michael?

*5 da tarde — 6 da tarde*
*Chá com Grandmère e membros da Sociedade de Assistência a Mulheres Genovianas*
Derramei chá nos sapatos novos de cetim que foram tingidos para combinar com o traje para chás.
Agora eles combinam com o chá.

*7 da noite — 11 da noite*
*Jantar formal com antigo líder soviético muito famoso e sua mulher*
René AUSENTE na maior parte do jantar. Foi encontrado depois da sobremesa se pegando na fonte do jardim palaciano com a primeira bailarina do balé Real Genoviano. Papai m. chateado. Tentei acalmar seus nervos em frangalhos conversando de leve com sua namorada, a Miss República Tcheca, para que ela se sentisse bem-vinda à família, caso chegue a ocasião.

16 DSVM
Se isso continuar muito tempo, eu provavelmente vou ter afasia como aquela garota no *Firestarter*, e começar a pensar que meu pai é um chapéu.

# Terça-feira, 6 de janeiro,
## Aposentos reais da princesa-mãe

ELE ME LIGOU!!!!!!!!!!!!!!

Só que eu não estava aqui (como sempre). Eu estava na Casa de Ópera Real Genoviana, assistindo à estúpida *La Bohème*, da qual eu estava gostando até que todos os personagens de que eu gostava MORRERAM. Ele deixou um recado com os telefonistas do palácio. A mensagem dizia, *Oi*.

*Oi*. Michael disse OI!

Tentei ligar para ele de volta, claro, no minuto em que consegui um telefone, mas os Moscovitzes estavam todos no Le Crabbe Shacque curtindo o desconto de matinê para Cidadãos Idosos... todos, exceto a dra. Moscovitz, que teve de ficar no condomínio devido ao fato de uma de suas pacientes precisar de atendimento de emergência (uma compradora compulsiva que estava tendo uma recaída devido a todas as liquidações de pós-feriado).

A dra. Moscovitz disse que ela tinha certeza de que daria a Michael o recado de que eu tinha ligado de volta. O recado era: *Oi*.

Bem, eu queria dizer algo mais romântico, mas parece realmente difícil dizer a palavra amor para a mãe do seu namorado.

Oh, meu Deus, Grandmère está berrando por mim novamente. Ela vem me dando lições de moral o dia inteiro sobre esse estúpido baile que está se aproximando — meu baile de despedida, aquele que eles vão fazer na noite anterior à minha partida para os Estados Unidos... e para o meu amor.

O negócio é que o príncipe William vai estar no baile, porque ele vai estar em Genovia de qualquer forma para o jogo de polo de caridade que meu pai e René estão fazendo, e Grandmère está toda preocupada se eu vou cometer o mesmo tipo de gafe social na frente do príncipe Wills que eu cometi durante minha apresentação televisiva ao povo genoviano.

Como se eu realmente fosse ficar aqui falando sobre parquímetros com o príncipe William. Mas enfim.

"Eu juro que não sei o que está errado com você", disse Grandmère. "Sua cabeça tem estado nas nuvens desde que saímos de Nova York. Ainda mais do que o normal". Ela estreitou seus olhos para mim — sempre uma coisa muito assustadora, porque Grandmère tem *kohl* negro tatuado em torno das pálpebras para que ela possa passar as manhãs raspando as sobrancelhas e pintando novas por cima, em vez de ficar se sujando com máscaras e delineadores. "Você não está pensando *naquele* rapaz, está?"

*Aquele rapaz* é como Grandmère começou a chamar Michael, desde que eu anunciei que ele era minha razão de viver. Bem, tirando meu gato, Fat Louie, claro.

"Se você está falando de Michael Moscovitz", simplesmente repliquei para ela, em minha voz mais real, "eu certamente estou. Ele nunca está longe dos meus pensamentos, porque é a luz do meu coração."

A resposta de Grandmère a isso foi um bufo.

"Amorzinho", "você vai se curar disso logo, logo", disse ela.

Hm, sinto muito, Grandmère, mas eu muito certamente não vou. Eu amei Michael por aproximadamente oito anos, exceto talvez por um breve período de tempo de duas semanas quando eu achei que estava apaixonada por Josh Richter. Oito anos é mais da metade da minha vida. Uma paixão profunda e eterna como esta não pode ser jogada fora tão facilmente assim, nem pode ser definida por sua compreensão terrena da emoção humana.

Eu não disse nada disso alto, entretanto, porque Grandmère tem essas unhas realmente afiadas com as quais ela tende a ferir "acidentalmente" as pessoas.

Só que, mesmo que Michael seja realmente minha razão de viver e a luz do meu coração, não acho que vou decorar todo o meu caderno de álgebra com corações e flores e escrevendo em floreios um monte de *Sra. Michael Moscovitz*, da maneira que Lana Weinberger fez com os dela (só que com *Sra. Josh Richters*, claro). Não só porque fazer coisas como essa é completamente estúpido e porque eu não gosto do fato de ter minha identidade subjugada tomando o nome de meu marido, mas também porque, como consorte da regente de Genovia, Michael vai, claro, ter que tomar meu nome. Não Thermopolis. Renaldo. Michael Renaldo. Isso parece bem bonitinho, agora que estou pensando no assunto.

Treze dias mais até que eu veja novamente as luzes de Nova York e dos olhos castanho-escuros de Michael. Por favor, Deus, me deixe viver para isso.


Sua Alteza Real Michael Renaldo
    M. Renaldo, príncipe consorte
        Michael Moscovitz Renaldo de Genovia


Dezessete dias sem ver Michael.

# Quarta-feira, 7 de janeiro
## Agenda Diária Real

Tudo o que tenho a dizer sobre hoje é que, se essas pessoas QUEREM que sua infraestrutura seja destruída por veículos utilitários poluidores dirigidos por turistas alemães, isso é inteiramente problema deles. Quem sou eu para ficar no caminho deles?

Oh, desculpe, sou apenas a PRINCESA deles.

# Quinta-feira, 8 de janeiro
## Agenda Diária Real

*8 da manhã — 9 da manhã*
*Café da manhã com o embaixador da Espanha*
Ainda sem ketchup!!!

*9:30 — meio-dia*
*Retoques finais no retrato real*
Não estão permitindo que eu veja o produto terminado até que seja retirado o véu no Baile de Despedida. Espero que o artista não tenha incluído a enorme espinha que comecei a desenvolver no queixo. Isso poderia ser meio embaraçoso.

*12:30 — 2 da tarde*
*Almoço com o ministro da Economia genoviano*
FINALMENTE! Alguém que concorda comigo sobre a importância fiscal dos parquímetros. O ministro da economia é *o homem*!

Infelizmente, Grandmère ainda não está convencida. E ela, ainda mais que papai ou o Parlamento, é quem tem a maior influência sobre a opinião pública.

*2:30 da tarde — 4:30 da tarde*

*Mais orientações sobre o que é legal e o que não é legal dizer para o príncipe William quando eu o conhecer*

Exemplo:

"Muitíssimo prazer em conhecê-lo." — Legal.

"Alguém já disse que você parece o Heath Ledger?" — Não é legal.

René entrou intempestivamente no meio de minha sessão de orientações, a caminho da sala de ginástica do palácio, e sugeriu que eu pergunte a Wills o que realmente aconteceu entre ele e Britney Spears. Grandmère diz que, se eu fizer isso, ela vai deixar Rommel sob meus cuidados da próxima vez que ela for a Baden-Baden para fazer um *peeling* no rosto. Argh! Tanto para tomar conta de Rommel *quanto para o peeling* no rosto. E para René também, por sinal.

*7 da noite — 11 da noite*

*Jantar formal com os maiores importadores/exportadores de azeite de oliva genovianos.*

Enfim.

19 DSVM

# Sexta-feira, 9 de janeiro, 3 da madrugada, Quarto real genoviano

Acabou de acontecer isso comigo:

Quando Michael disse que ele me amava naquela noite durante o Baile Inominável de Inverno, ele podia estar querendo dizer amor no sentido platônico. Não amor no sentido do fluxo de paixão flamejante. Sabe, tipo assim, talvez ele me ame como amiga.

Só que você geralmente não enfia a língua na boca dos seus amigos, enfia?

Bem, talvez aqui na Europa você possa fazer isso. Mas não nos Estados Unidos, pelo amor de Deus.

Exceto que Josh Richter usou a língua daquela vez que ele me beijou na frente da escola, e ele certamente jamais esteve apaixonado por mim!!!!!!!!!

Isso é muito preocupante. Sério. Estou vendo que já é o meio da noite e eu devia estar pelo menos tentando dormir, já que amanhã tenho que cortar a fita do novo Orfanato Real Genoviano.

Mas como é que eu posso dormir quando meu namorado pode estar na Flórida me amando como amiga e possivelmente nesse exato instante realmente se apaixonando por Kate Bosworth? Quer dizer, ao contrário de mim, Kate é realmente boa em alguma coisa (surfe). Kate pertence aos Superdotados e Talentosos, *não eu*.

Por que eu sou tão burra? Por que não pedi que Michael especificasse quando ele disse que me amava? Por que eu não falei, "Me ama como? Como amigo? Ou como parceiro da vida inteira?"

Sou muito idiota.

Nunca serei capaz de dormir agora. Quer dizer, como é que eu posso, sabendo que o homem que amo pode muito bem pensar em mim apenas como uma amiga que ele gosta de beijar de língua?

Só há uma coisa que posso fazer: tenho que ligar para a única pessoa que conheço que pode ser capaz de me ajudar. E tudo bem ligar para ela porque

1. são só sete horas onde ela está, e
2. ela ganhou um telefone celular de Natal, então mesmo que nesse exato instante ela esteja esquiando em Aspen, ainda assim posso falar com ela, mesmo se estiver num teleférico de esqui, ou o que seja.

Graças a Deus tenho meu próprio telefone no quarto. Apesar de eu *ter* que discar 9 para conseguir linha fora do palácio.

20 DSVM

# Sexta-feira, 9 de janeiro, 3:05 da madrugada
## Quarto real genoviano

Tina respondeu no primeiro toque! Ela totalmente não estava num teleférico de esqui. Ela torceu o tornozelo numa descida ontem. Oh, obrigada, Deus, por fazer Tina torcer o tornozelo, para que ela pudesse estar disponível para mim na hora de minha necessidade.

E tudo bem, porque ela diz que só dói quando ela se mexe.

Tina estava no quarto dela no alojamento de esqui, assistindo ao Lifetime Movie Channel quando eu liguei (*Garota de programa*, no qual Tori Spelling faz o papel de uma jovem lutando para pagar sua educação universitária com dinheiro ganho trabalhando como garota de programa — baseada numa história real).

A princípio foi muito difícil fazer Tina colocar o foco de sua atenção na situação do momento. Tudo o que ela queria saber era o que eu ia dizer quando encontrasse o príncipe William. Tentei explicar a ela que, de acordo com Grandmère, não estou autorizada a dizer nada para o príncipe William além de *Muitíssimo prazer em conhecê-lo.* Ela aparentemente tem medo de que eu vá mandar minha pesquisa sobre parquímetros, o que ela acha totalmente pouco glamouroso.

Além do mais, o que importa o que eu vou dizer a ele? Meu coração pertence a outro.

Essa resposta foi extremamente insatisfatória para Tina.

"O mínimo que você pode fazer", ela disse, "é pegar o e-mail dele para mim. Quer dizer, nem todo mundo está num relacionamento emocionalmente satisfatório como você, Mia."

Desde que ela começou a sair com ele, Dave, o namorado de Tina, escorregava de qualquer comprometimento, dizendo que um homem não pode se deixar amarrar antes da idade de 16 anos. Então, mesmo que Tina fique dizendo que Dave é o seu Romeu de calças cargo, ela vem mantendo seus olhos abertos para encontrar um cara bacana que deseje se comprometer. Embora eu ache que o príncipe William seja muito velho para ela. Sugeri que ela tentasse o irmão mais novo de Will, Harry, que, ouvi dizer, é realmente muito gato também, mas Tina disse que aí ela jamais seria rainha, um sentimento que acho que posso entender, embora, pode acreditar em mim, ser de família real perde muito de seu glamour uma vez que acontece de verdade com você.

"Beleza", eu disse. "Vou dar o melhor de mim para conseguir o e-mail do príncipe William para você. Mas eu realmente tenho outras coisas na cabeça, Tina. Como por exemplo que há uma possibilidade real de que Michael só me ame como amigo."

"O quê?", Tina estava chocada. "Mas eu achei que você disse que ele usou a palavra com A na noite do Baile Inominável de Inverno!"

"Ele usou", eu disse. "Só que ele não disse que estava *apaixonado* por mim. Só disse que me amava."

Felizmente não tive que explicar mais nada. Tina já tinha lido romances suficientes para saber exatamente onde eu estava querendo chegar.

"Garotos não dizem a palavra *amor* a menos que eles queiram dizer isso mesmo, Mia,", ela disse. "Eu *sei*. Dave nunca a usa comigo." Houve uma pulsação de dor em sua voz.

"Sim, eu sei", eu disse, com simpatia. "Mas a questão é *como* Michael quis dizer isso. Quer dizer, Tina, já ouvi ele falando que ama o cachorro dele. Mas ele não está *apaixonado* pelo cachorro."

"Acho que estou entendendo o que você quer dizer", Tina disse, embora ela parecesse meio em dúvida. "Então, o que você vai fazer?"

"Foi por isso que liguei para você!", eu disse. "Quer dizer, você acha que eu devia perguntar a ele?"

Tina soltou um grito de dor. Achei que era porque ela tinha mexido o tornozelo torcido, mas na verdade foi porque ela ficou muito horrorizada com o que eu tinha perguntado.

"Claro que você não pode simplesmente ir perguntar isso a ele!", ela gritou. "Você não pode colocá-lo contra a parede assim. Você tem que ser mais sutil. Lembre-se, ele é Michael, o que, claro, o torna totalmente superior a muitos caras... mas mesmo assim ele é um cara."

Eu não tinha pensado nisso. Eu não tinha pensado em um monte de coisas, parece. Não consegui acreditar que eu tinha simplesmente ficado ligada nesse mar de felicidade, feliz só por saber que Michael só gostava de mim, enquanto o tempo todo ele podia ter se apaixonado por outra garota, mais talentosa intelectual ou atleticamente.

"Bem", disse eu. "Talvez eu devesse falar só tipo assim, 'você gosta de mim como amiga ou gosta de mim como namorada?'"

"Mia", disse Tina. "Eu realmente não acho que você devia perguntar a Michael assim, direto. Ele pode sair correndo de medo, como um cervo assustado. Garotos têm uma tendência a fazer isso, sabe. Eles não são como a gente. Eles não gostam de falar sobre os sentimentos deles."

É tão absolutamente triste que para conseguir qualquer tipo de conselho confiável sobre os homens eu tenha de ligar para alguém a 13 mil quilômetros de distância. Graças a Deus por Tina Hakim Baba existir, é tudo o que tenho a dizer.

"Então o que você acha que eu devia fazer?", perguntei.

"Bem, vai ser difícil para você fazer qualquer coisa", Tina disse, "até voltar para cá. O único jeito de saber o que um cara está sentindo é olhar dentro dos olhos dele. Você nunca vai conseguir arrancar nada dele por telefone. Garotos não são bons em falar no telefone."

Isso certamente era verdade, se meu ex-namorado Kenny pudesse ser algum tipo de indicação.

"Já sei", Tina disse, como se ela tivesse acabado de ter uma boa ideia. "Por que você não pergunta a Lilly?"

"Não sei", eu disse. "Eu ia me sentir meio estranha de enfiar ela em alguma coisa que é só entre mim e Michael..." A verdade era que Lilly e eu ainda não tínhamos nem mesmo falado de verdade sobre o fato de eu gostar do irmão dela, e o irmão dela gostar de mim também. Eu sempre achei que ela ficaria meio pau da vida com isso. Mas aí acabou que no fim ela realmente meio que ajudou a gente a ficar junto, contando ao Michael que eu era a pessoa que estava mandando para ele aquelas cartas de amor anônimas.

"Só pergunte a ela", Tina disse.

"Mas é muito tarde lá agora", eu disse.

"Tarde? São só tipo nove horas na Flórida!"

"É, e essa é a hora em que os avós de Lilly e Michael vão para a cama. Não quero ligar e acordá-los. Aí eles vão me odiar para sempre." *E isso vai tornar as coisas desconfortáveis no casamento.* Eu não disse essa parte em voz alta. Embora provavelmente eu pudesse ter dito e Tina tivesse compreendido.

"Eles não vão ligar se você acordá-los, Mia", Tina disse. "Você está ligando de outro fuso horário. Eles vão entender. E garanta que vai me ligar de volta depois que falar com ela! Quero saber o que ela acha."

Tenho de admitir que, enquanto eu discava, meus dedos estavam tremendo. Não tanto porque estava com medo de acordar o sr. e a sra. Moscovitz e fazer com que eles me odiassem por aquilo para sempre, mas porque havia uma chance de que Michael pudesse atender. O que eu iria dizer se ele atendesse? Eu não tinha ideia. A única coisa que eu sabia com certeza era que eu não ia dizer, "Você gosta de mim como amiga, ou gosta de mim como namorada?". Porque Tina tinha me dito para não dizer.

Lilly atendeu no primeiro toque. Nossa conversa se passou assim:

| | |
|---|---|
| Lilly: | Uau. É você. |
| Eu: | É muito tarde para ligar? Não acordei seus avós, acordei? |
| Lilly: | Bom, é. Meio que sim. Mas eles vão superar isso. E aí? Como é que está? |
| Eu: | Você quer dizer Genovia? Hm, tudo bem, acho. |
| Lilly: | Ah, sim. Tenho certeza que está tudo bem, sendo servida o tempo todo, tendo todas as suas necessidades atendidas por criados, e usando uma coroa o tempo todo. |
| Eu: | A coroa meio que machuca. Olha. Só me diz a verdade, Lilly. Michael conheceu outra garota? |

| Lilly: | Outra garota? Do que você está falando? |
|---|---|
| Eu: | Você sabe o que quero dizer. Alguma garota da Flórida, que sabe surfar. Alguma garota chamada Kate, ou possivelmente Anne Marie, com um olho azul e outro castanho. Só me diga, Lilly, posso suportar a verdade, eu juro. |
| Lilly: | Em primeiro lugar, para Michael ter conhecido outra garota, isso significa que ele teria de se desgrudar do laptop e sair do quarto, o que ele fez apenas para fazer as refeições e para comprar mais equipamentos de informática no tempo em que a gente está aqui. Ele está com a pele tão branca como sempre. Em segundo lugar, ele não vai sair com alguma garota chamada Kate, porque ele gosta de *você*. |
| Eu: | (praticamente chorando de alívio) Verdade, Lilly? Você jura? Você não está só mentindo para me fazer sentir melhor? |
| Lilly: | Não, não estou. Embora eu não saiba quanto a devoção dele a você vai durar, considerando que você nem mesmo se lembrou do aniversário dele. |

Senti algo se agarrando à minha garganta. O aniversário de Michael! Eu tinha esquecido o aniversário de Michael! Eu tinha marcado o dia em minha nova agenda e tudo, mas com tudo o que vinha acontecendo...

"Ai, meu Deus, Lilly", eu gritei. "Eu esqueci completamente!"

"É", disse Lilly. "Você esqueceu. Mas não se preocupe. Tenho certeza de que ele não esperava nenhum cartão, nem nada. Quer dizer, você está fora, sendo a Princesa de Genovia. Como se pode esperar que você se lembre de algo tão importante quanto o aniversário do seu namorado?" Isso me pareceu realmente injusto. Quer dizer, Michael e eu estávamos juntos só há 22 dias, e em 21 deles eu tinha andado muito, muito, ocupada. Quer dizer, está tudo muito bem para Lilly fazer piada, mas eu não a vi batizando nenhum navio de guerra nem lutando pela instalação de parquímetros públicos. Pode nunca ter ocorrido a ninguém, mas essa história de ser princesa é trabalho duro.

"Lilly", eu disse. "Posso falar com ele, por favor? Com Michael, quero dizer."

"Claro", disse Lilly. Depois ela berrou, "Michael! Telefone!"

"Lilly", eu gritei, chocada. "Seus avós!"

"Fica *fria*", ela disse. "Isso vai fazer eles pararem de bater a porta da frente às cinco horas todas as manhãs quando eles vão buscar o *Times*."

Um longo tempo depois daquilo eu finalmente ouvi alguns passos e depois Michael falando com Lilly, "Obrigado". Depois Michael pegou o telefone e falou, meio que curioso, já que Lilly não tinha dito a ele quem era. "Alô?"

Só ouvir a voz dele me fez esquecer que já passava das três da madrugada e eu estava deprimida e odiando minha vida. Subitamente era como se fossem duas da tarde e eu estivesse deitada em uma das praias por onde eu estava trabalhando tão duro a fim de protegê-las da erosão e da poluição dos turistas, com o calor do sol se derramando sobre mim e alguém me oferecendo uma Orangina gelada numa bandeja de prata. Foi assim que a voz de Michael me fez sentir.

"Michael", eu disse. "Sou eu."

"Mia", ele disse, parecendo feliz de verdade por me ouvir. Não acho que era minha imaginação, também. Ele realmente pareceu feliz, e não como se ele estivesse pronto para me dispensar em troca da Kate Bosworth, mesmo. "Como você está?"

"Tudo bem", eu disse. Depois, para soltar o mais rápido possível, eu falei, "Olha, Michael, não acredito que esqueci o seu aniversário. Foi mal. Foi muito mal. Sou a pessoa mais horrível que jamais pisou na face da Terra."

Aí Michael fez uma coisa milagrosa. Ele riu. Riu! Como se esquecer o aniversário dele não fosse nada!

"Ah, tudo bem", ele disse. "Sei que você está ocupada aí. E tem essa coisa do fuso horário, e tal. Então. Como está indo? Sua avó deixou você em paz por causa daquela coisa do parquímetro, ou ela ainda está na sua cola por causa disso?"

Eu praticamente derreti bem ali no meio de minha grande e pomposa cama real, com o telefone grudado na minha orelha e tudo. Eu não podia acreditar que ele estava sendo tão bacana comigo, depois da coisa terrível que eu tinha feito. Não parecia que tinham se passado 20 dias, de jeito nenhum. Era como se nós ainda estivéssemos de pé na frente da minha portaria, com a neve caindo e parecendo tão branca sobre os cabelos negros de Michael, e Lars pau da vida no vestíbulo porque nós não parávamos de nos beijar e ele estava com frio e já queria entrar.

Eu não conseguia acreditar que eu tivesse sequer pensado que Michael pudesse se apaixonar por alguma garota da Flórida com olhos multicoloridos e uma prancha de surfe. Quer dizer, eu ainda não estava totalmente certa de que ele estava apaixonado por mim, nem nada. Mas eu tinha muita certeza de que ele *gostava* de mim.

E bem ali, às três da madrugada, sentada comigo mesma em meu quarto real no Palácio de Genovia, aquilo era suficiente.

Aí depois eu perguntei a ele sobre seu aniversário, e ele me contou que eles tinham ido ao Red Lobster e Lilly tinha tido uma reação alérgica ao coquetel de camarões e eles tiveram de interromper o jantar para ir ao pronto-socorro porque ela tinha ficado empolada como a Violet de *A fantástica fábrica de chocolate*, e agora ela tinha de carregar uma seringa cheia de adrenalina por todo canto, para o caso de ela acidentalmente ingerir frutos do mar, e que os pais de Michael deram a ele um novo laptop para quando ele for para a universidade, e que quando ele voltar para Nova York está pensando em montar uma banda, já que está tendo problemas em encontrar patrocinadores para seu webzine *Crackhead* por conta de ter feito aquela exposição arrasadora sobre o quanto o Windows é ruim e como ele só usa Linux agora.

Aparentemente um monte de assinantes do *Crackhead* estão assustados com a ira de Bill Gates e seus servos.

Eu fiquei tão feliz de escutar a voz de Michael que nem notei que horas eram ou o quanto eu estava ficando sonolenta até que ele falou, "Ei, aí não são tipo quatro da manhã?", o que, naquele momento, já eram. Só que eu não estava ligando porque eu estava feliz demais só por estar falando com ele.

"É", eu disse, sonhadora.

"Bem, é melhor você ir para a cama", Michael disse. "A menos que você fique dormindo direto. Mas aposto que você tem coisas a fazer amanhã, certo?"

"Oh", eu disse, ainda totalmente perdida na poesia, que é para onde o som da voz de Michael me carrega. "Só uma cerimônia de cortação de fita no hospital. E depois almoço com a Sociedade Histórica Genoviana. E depois uma turnê no zoológico genoviano. E depois jantar com o ministro da Cultura e a mulher dele.

"Oh, meu Deus", Michael disse, parecendo alarmado. "Você tem que fazer esse tipo de coisa todo dia?"

"Hm-hm", eu disse, desejando estar lá com ele, para poder olhar dentro daqueles seus olhos castanhos adoráveis enquanto escutava sua voz adoravelmente profunda, e desta forma saber se ele me amava ou não, já que é esta, segundo Tina, a única maneira pela qual você pode saber isso dos garotos.

"Mia", ele disse, com alguma urgência. "É melhor você dormir um pouco. Você tem outro dia enorme à sua frente."

"Tá bom", eu disse, feliz.

"Estou falando sério, Mia", ele disse. Ele pode ser tão autoritário às vezes, exatamente como a Fera de *A bela e a fera*, meu filme favorito de todos os tempos. Ou do jeito que Patrick Swayze fica mandando em Baby no *Dirty Dancing*. Tão, tão excitante. "Desligue o telefone e vá para a cama."

"Você desliga primeiro", eu disse.

Infelizmente, ele ficou menos mandão depois disso. Ao contrário, ele começou a falar naquela voz que eu só o tinha ouvido usar uma vez antes, na portaria em frente ao prédio do apartamento de minha mãe na noite do Baile Inominável de Inverno, quando nos beijamos daquele jeito todo.

O que era na verdade ainda mais maravilhoso do que quando ele estava me dando ordens, para ser sincera.

"Não", ele disse. "Você desliga primeiro."

"Não", eu disse, despedaçada, "Você."

"Não", ele disse. "Você."

"Vocês dois desliguem", Lilly disse, muito grosseiramente, pela extensão. "Eu tenho que ligar para Boris antes que esse Benadryl noturno bata."

Então nós dois dissemos boa-noite muito sem querer e desligamos.

Mas eu tenho quase certeza de que Michael teria dito eu te amo se Lilly não estivesse na linha.

Dez dias até que o veja de novo. Mal posso ESPERAR!!!!!!!!!

# Sábado, 10 de janeiro
# Agenda Diária Real

*1 da tarde — 3 da tarde*

*Almoço com a Sociedade Histórica Genoviana*

Grandmère consegue ser tão má. Sério. Imagine me beliscar só porque ela achou que eu tinha cochilado por alguns segundos no almoço! Juro que vou ter um hematoma agora. É uma coisa boa eu não ter tempo nenhum para ir à praia, porque se eu tivesse e alguém visse a marca que ela deixou, provavelmente chamariam o Serviço de Proteção à Criança Genoviana, ou o que seja.

E eu não estava dormindo, também. Estava apenas descansando os olhos.

Grandmère diz que é descuido "daquele garoto" me manter acordada até altas horas sussurrando coisas doces que não querem dizer nada em meus ouvidos. Ela diz que o príncipe René jamais trataria nenhuma de suas namoradas de maneira tão dominadora.

Eu a informei muito firmemente de que Michael tinha realmente me *dito* para desligar, porque ele se importa muito profundamente comigo, e que fui *eu* que continuei falando. E que nós não sussurramos coisas doces que não querem dizer nada um para o outro, nós temos conversas cheias de substância sobre arte e literatura e o monopólio de Bill Gates na indústria do *software*.

Ao que Grandmère respondeu, *"Pfuit!"*

Mas dá para ver que ela está totalmente enciumada, porque ela ia gostar de um namorado que fosse tão inteligente e culto como o meu. Mas isso nunca jamais vai acontecer, porque Grandmère é muito má e, além do mais, tem todas essas coisas que ela faz com as sobrancelhas. Caras gostam de mulheres com sobrancelhas de verdade, não pintadas.

Nove dias até que eu esteja uma vez mais nos braços de meu amado.

# Sábado, 10 de janeiro, 11 da noite
# Quarto real genoviano

Estou tão emocionada! Tina, não sendo capaz de juntar-se à sua família nas pistas de esqui, passou todo o dia na internet em uma Lan house de Aspen procurando os horóscopos de todos os amigos dela. Na noite passada ela me mandou um fax com o meu horóscopo e o de Michael! Estou colando-os na minha agenda para não perdê-los. Eles são tão precisos que estão provocando arrepios em minha espinha.

Michael — data de nascimento = 5 de janeiro

Capricórnio é o líder dos signos de Terra. Aqui está uma força estabilizadora, um dos signos mais trabalhadores do zodíaco. A Cabra Montanhesa tem poderes intensos de autoconcentração, mas não num sentido egoísta. Membros deste signo encontram muito mais confiança no que eles fazem do que em quem eles são. Capricórnio é um realizador muito grande! Sem equilíbrio, entretanto, Capricórnio pode se tornar muito rígido, e se fixar muito nas realizações. Aí eles esquecem as pequenas alegrias da vida. Quando a Cabra finalmente relaxa e aproveita a vida, os mais deliciosos segredos dele ou dela emergem. Ninguém tem um senso de humor melhor do que o Capricórnio. Oh, esse Capri pode nos aquecer com aquele sorriso caloroso!

Mia — Data de nascimento = 1º de maio

Regida pela amante Vênus, Touro tem grande profundidade emocional. Amigos e amantes contam com a cordialidade e acessibilidade emocional do Touro. Touro representa consistência, lealdade e paciência. Pé no chão, pode ser muito rígido, muito cauteloso para correr alguns dos riscos necessários na vida. Às vezes o Touro acaba temporariamente enfiado no pântano. Ele ou ela podem não querer crescer em cada desafio ou potência. E teimoso? Sim! O Touro pode sempre se revelar. A energia Yin deste signo pode também ir muito longe, fazendo com que o Touro se torne muito, muito passivo. Apesar disso, você não poderia pedir um melhor amante ou amigo mais leal.

Michael + Mia

Signos corajosos e ambiciosos de Terra, Touro e Capricórnio parecem ter sido feitos um para o outro. Ambos dão valor ao sucesso na carreira e partilham o amor pela beleza e por estruturas duradouras e de qualidade. A ironia de Capricórnio seduz o Touro, enquanto a sensualidade especial do último resgata a Cabra de sua obsessão com a carreira. Eles gostam de conversar e a comunicação é excelente. Eles confiam um no outro, um prometendo nunca ofender ou trair o outro. Este pode ser um casal perfeito.

Está vendo? Nós somos perfeitos um para o outro! Mas sensualidade especial? *Eu?* Hm, não acho.

Mesmo assim... estou tão feliz! Perfeito! Não se pode ser mais que perfeito!

# Domingo, 11 de janeiro
# Agenda Diária Real

*9 da manhã — 10 da manhã*
*Missa na Capela Real Genoviana*

Oh, meu Deus, eu sou namorada de Michael há apenas 24 dias, e já me sinto terrível com isso. Essa história de namorada, quer dizer. Nem posso imaginar o que vou dar a ele de aniversário. Ele é o amor da minha vida, a razão pela qual bate meu coração. Você poderia pensar que eu devia saber o que comprar para o cara.

Mas não. Não tenho nenhuma pista.

Tina diz que a única coisa apropriada para se comprar para um garoto que você está namorando oficialmente há menos de quatro semanas é um suéter. E ela diz que mesmo isso é adiantar as coisas, já que Michael e eu ainda não saímos num encontro oficial — então, tecnicamente, como nós podemos estar namorando?

Mas um *suéter*? Quer dizer, isso é tão pouco romântico. É o tipo de coisa que eu daria ao meu pai — se ele não estivesse precisando tanto de manuais de como lidar com a raiva, que foi o que dei a ele de Natal. Eu compraria um suéter para meu padrasto com certeza.

Mas para meu *namorado*?

Fiquei meio surpresa por Tina ter sugerido algo tão banal, já que ela é basicamente a maior especialista em romances de nosso grupinho. Mas Tina diz que as regras sobre o que dar aos garotos são na verdade muito inflexíveis. Foi a mãe dela que disse. A mãe de Tina era modelo e frequentadora do jet-set internacional e já tinha namorado um sultão, então acho que ela deve saber. As regras para dar presentes para os caras, de acordo com a sra. Hakim Baba, são:

| Tempo de duração do namoro: | Presente apropriado: |
|---|---|
| 1-4 meses | Suéter |
| 5-8 meses | Colônia |
| 9-12 meses | Isqueiro* |
| 1 ano + | Relógio |

Mas isso é melhor pelo menos do que a lista de Grandmère do que é apropriado dar aos namorados, que ela me apresentou ontem, assim que eu mencionei a ela meu horrível vacilo de esquecer o aniversário de Michael. A lista dela é assim:

| Tempo de duração do namoro: | Presente apropriado: |
|---|---|
| 1-4 meses | Bombons |
| 5-8 meses | Livro |
| 9-12 meses | Lenço |
| 1 ano + | Luvas |

Lenços? Quem ainda dá lenços de presente? Lenços são totalmente anti-higiênicos!

---

*A sra. Hakim Baba diz que, para um não fumante, um canivete gravado ou um frasco para brandy pode servir de substituto. Que seja. Como se eu fosse sair com um fumante, um bebedor ou alguém que andasse por aí com uma faca no bolso. Oooooh, namorado dos meus sonhos!

65

E bombons? Para um *cara*????

Mas Grandmère diz que as mesmas regras se aplicam para as garotas e para os garotos. Michael não deve me dar nada além de bombons ou possivelmente flores em meu aniversário, também!

Por alto, acho que prefiro a lista da sra. Hakim Baba.

Além do mais, toda essa coisa de presente-para-namorado é tão difícil! Todo mundo diz alguma coisa diferente. Tipo assim, na noite passada eu liguei para minha mãe e perguntei a ela o que eu devia dar ao Michael, e ela disse umas sambas-canção de seda.

Mas eu não posso dar CUECAS ao Michael!!!!!!!!!!!!

Queria que minha mãe se apressasse e tivesse logo esse bebê de uma vez para ela parar de agir tão estranhamente. Ela é bem inútil para mim em seu atual estado de desequilíbrio hormonal.

No auge do desespero, perguntei a meu pai o que eu devia dar ao Michael, e ele disse uma caneta, para que Michael possa me escrever enquanto eu estiver em Genovia, em vez de eu ficar ligando para ele toda hora e quebrar o banco de Genovia.

Não importa, pai. Como se alguém ainda usasse canetas para escrever.

E alô, só vou estar em Genovia no Natal e durante os verões, segundo nosso acordo redigido em setembro último.

Uma caneta. Que coisa. Será que sou a única pessoa da minha família com um pouco de romance em meus ossos?

Oops, tenho que parar de escrever, padre Christoff está olhando para cá. Mas a culpa é toda dele. Eu não estaria escrevendo em meu diário durante a missa se os sermões dele tivessem um mínimo de inspiração. Ou se pelo menos fossem em inglês.

*12:00 — 2 da tarde*

*Almoço com o diretor da Ópera Real Genoviana, e mezzo-soprano principal*

Achava que *eu* era chata para comer, mas na verdade as mezzo-sopranos são ainda mais chatas do que as princesas. Minha espinha está crescendo fora de qualquer proporção, apesar da aplicação de pasta de dentes na noite passada antes de ir para a cama.

*3 da tarde — 5 da tarde*

*Encontro com a Associação Genoviana de Proprietários*

Você poderia pensar que a Associação de Proprietários, pelo menos, estaria ao meu lado na questão do parquímetro. Afinal de contas, é na frente da casa *deles* que esses turistas ficam estacionando. Você poderia pensar que eles iriam querer trazer um pouco mais de renda para fazer reparos nas calçadas. Mas NÃÃÃÃÃÃÃÃÃÃÃÃÃÃÃÃÃO. Eu juro que não sei como meu pai faz isso todos os dias. Eu realmente não sei.

*7 da noite — 10 da noite*

*Jantar formal com o embaixador do Chile e sua esposa*

Grande controvérsia devido a René ter "pegado emprestado" o Porsche conversível do embaixador chileno — e a mulher dele — para uma excursão a Monte Carlo depois da sobremesa. Dupla finalmente encontrada jogando tênis na quadra real.

Infelizmente, era strip tênis.


Oito dias para vê-lo novamente. Oh, alegria! Oh, êxtase!

# Segunda-feira, 12 de janeiro, 1 da manhã
## Quarto real genoviano

Acabo de desligar o telefone com Michael. Eu *tive* que ligar para ele. Não tive escolha. Tinha que descobrir o que ele queria de aniversário. Sei que é sujeira — *perguntar* a alguém o que ele quer ganhar — mas eu seriamente não consigo pensar no que dar a ele. Claro que se eu fizesse o tipo Kate Bosworth eu totalmente já teria dado a ele o presente perfeito, tipo assim uma pulseira da amizade charmosa que eu tivesse trançado sozinha com algas marinhas ou o que seja.

Mas não sou Kate Bosworth. Eu nem sei trançar. OH, MEU DEUS, EU NEM MESMO SEI TRANÇAR!!!!!!!!!!!

Eu *tenho* que dar a ele algo *realmente* bom, já que esqueci. O aniversário, e tal. E aí é claro que tem toda essa história de ele estar triste por ter uma princesa monstruosa e sem talento como namorada, ao invés de uma tipo Kate Bosworth gostosa, que consegue surfar, trançar, é autorrealizada e nunca tem espinhas, nem nada. Eu tenho que dar a ele algo que seja tão fabuloso que ele esqueça que não sou nada além de uma caloura-não-surfista-roedora-de-unhas que por acaso nasceu com sangue real.

Claro que Michael diz que ele não quer nada, que eu sou a única coisa de que ele precisa (se pelo menos eu pudesse acreditar nisso!!!!!!!!!!!!!!!!!), que ele vai me ver em oito dias e que este é o melhor presente que qualquer um poderia dar a ele.

Isso parece indicar que ele pode realmente estar apaixonado por mim, em vez de apenas me amar como amiga. Claro que terei de conferir com Tina para ver o que ela acha, mas eu diria que, neste caso, O Ponteiro Aponta para o Sim!

Mas claro que ele só está falando isso por falar. Que ele não quer nada de aniversário, quer dizer. Tenho que dar *alguma coisa* a ele. Alguma coisa realmente boa. Mas o quê?

De qualquer forma, realmente tive uma razão para ligar para ele. Eu não fiz isso só porque eu queria escutar o som da voz dele, nem nada. Quer dizer, *não sou* esse tipo de oferecida.

Ah, tudo bem, talvez eu seja. Como posso evitar? Só estou apaixonada por Michael desde, tipo assim, sempre. Amo o jeito com que ele diz meu nome. Amo o jeito dele rir. Amo o jeito dele pedir minha opinião, como se realmente se importasse com o que penso (Deus sabe que ninguém por aqui se sente assim. Quer dizer, faça uma sugestão — tipo de que se pode economizar água desligando a fonte em frente ao palácio à noite, quando ninguém está passando mesmo — e todo mundo praticamente age como se uma das armaduras do Grand Hall tivesse começado a falar).

Bem, certo, meu pai não. Mas eu o vejo menos aqui do que lá em casa, praticamente, porque ele está tão pegado com os encontros parlamentares, velejando com seu iate em regatas e saindo com a Miss República Tcheca.

Enfim, eu gosto de conversar com Michael. Será que isso é tão errado? Quer dizer, ele *é* meu namorado, afinal de contas.

Se pelo menos eu fosse digna dele! Quer dizer, apesar de eu não ter me lembrado de seu aniversário, de não ser capaz de descobrir o que dar para ele e de realmente não ser boa em nada, do jeito que ele é, é uma maravilha que ele ainda esteja interessado em mim!

Então a gente estava só dizendo tchau depois de ter tido uma conversa perfeitamente agradável sobre a Associação de Plantadores Genovianos de Oliveiras e a banda de Michael que ele está tentando montar (ele é tão talentoso!), e sobre se é desagradável chamar uma banda de Lobotomia Frontal, e eu estava me preparando para a despedida, tipo "Estou com saudades", ou "Eu te amo", deixando desta forma uma abertura para ele dizer algo semelhante de volta para mim e desta forma resolver o dilema será-que-ele-me-ama-só-como-amiga-ou-está-apaixonado-por-mim de uma vez por todas, quando ouvi Lilly ao fundo, pedindo para falar comigo.

Michael ficou falando, "Sai fora", mas Lilly continuou gritando, "eu preciso falar com ela, acabei de me lembrar que tenho algo realmente importante para perguntar a ela".

Aí Michael falou, "Não conte a ela nada disso", e meu coração pulou porque achei que Lilly tinha de repente se lembrado de que Michael estava saindo com alguma garota chamada Anne Marie pelas minhas costas, no fim das contas. Antes que eu pudesse dizer qualquer coisa, Lilly havia arrancado o telefone dele (ouvi Michael grunhir, acho que de dor, porque ela deve ter batido nele ou algo assim) e então ela estava falando, "Oh, meu Deus, esqueci de perguntar. Você viu aquilo?"

"Lilly", eu disse, já que mesmo a 13 mil quilômetros de distância eu podia sentir a dor de Michael — Lilly bate forte. Eu sei, porque já fui o saco de umas boas pancadas dela ao longo dos anos. "Sei que você está acostumada a que eu esteja inteira à sua disposição, mas vai ter que aprender a me dividir com seu irmão. Agora, se isso significa que vamos ter de estabelecer fronteiras em nosso relacionamento, então acho que vamos mesmo. Mas você não pode simplesmente aparecer e arrancar o telefone da mão de Michael quando ele pode ter algo realmente importante para..."

"Cala a boca sobre o meu santo irmão um minuto. Você... viu... aquilo?"

"Vi o quê? Do que você está falando?" Achei que talvez alguém tivesse tentado pular para dentro da jaula do urso polar no zoológico do Central Park de novo.

"Ah, o filme", disse Lilly. "Sobre a sua vida. Aquele que passou na TV outra noite. Ou você não ouviu dizer que a história de sua vida foi transformada num filme da semana?"

Eu não fiquei muito surpresa ao ouvir aquilo. Eu já tinha sido alertada de que um filme para a TV sobre a minha vida estava em produção. Mas tinham me garantido, através da equipe de publicidade do palácio, que o filme não seria mostrado até fevereiro. Acho que estavam brincando com a gente.

Enfim. Há ainda quatro biografias minhas não autorizadas circulando por aí. Uma delas entrou para a lista de best-sellers por, tipo assim, meio segundo. Eu li. Não era tão bom assim. Mas talvez seja só porque eu já sabia como tudo ia acabar.

"E daí?", eu disse. Eu estava meio irada com Lilly. Quer dizer, ela tinha expulsado Michael a socos do telefone só para me contar sobre algum filme idiota?

"Alô", disse Lilly. "Filme. Da sua vida. Você foi retratada como tímida e estranha."

"Eu *sou* tímida e estranha", lembrei a ela.

"Eles fizeram sua avó ser toda amigável e simpática com suas dificuldades", disse Lilly. "Foi a descaracterização mais grosseira que já vi desde que *Shakespeare apaixonado* tentou passar a imagem do Bardo como um gostosão com uma barriga sarada e todos os dentes no lugar."

"Isso é horrível", eu disse. "Agora posso por favor terminar de falar com Michael?"

"Você nem mesmo perguntou como eles *me* retrataram", Lilly disse, acusadoramente, "sua leal e melhor amiga."

"Como eles retrataram você, Lilly?", eu perguntei, olhando para o belo e grande relógio no topo do belo e grande aparador de mármore sobre minha bela e grande lareira do quarto. "E vê se conta rápido, porque eu tenho um café da manhã e depois uma cavalgada com a Sociedade Equestre Genoviana dentro de exatamente sete horas."

"Eles me retrataram como se não tivesse apoiado sua realeza", Lilly praticamente gritou no telefone. "Eles fizeram o filme como se depois de você ter feito aquele corte de cabelo horrível, eu tivesse zoado você por ser superficial e maria-vai-com-as-outras!"

"É", eu disse, esperando que ela chegasse logo ao ponto principal de seu discurso furioso sobre sua desgraça. Porque claro que Lilly não tinha apoiado meu corte de cabelos ou minha realeza.

Mas acabou que Lilly já tinha chegado ao motivo da desgraça.

"Nunca deixei de apoiar sua realeza!", ela gritou no telefone, me fazendo segurar o fone longe da cabeça a fim de manter meus tímpanos intactos. "Eu fui a primeira amiga a apoiar você durante toda a história!"

Isso era uma mentira tão grande, que achei que Lilly estava zoando, e comecei a rir. Mas aí percebi, quando ela recebeu meu riso com um silêncio frio de pedra, que ela estava falando totalmente sério. Aparentemente Lilly tinha uma dessas memórias eletivas, onde ela pode lembrar todas as coisas boas que fez, mas nenhuma das coisas más. Meio como um político.

Porque claro que, se fosse verdade que Lilly tinha me apoiado tanto, eu nunca teria ficado amiga de Tina Hakim Baba, com quem eu só comecei a sentar na hora do almoço em outubro porque Lilly não estava mais falando comigo por conta dessa coisa toda de ser princesa.

"Sinceramente espero", Lilly disse, "que você esteja rindo de incredulidade com a ideia de que eu jamais tenha sido nada menos do que uma boa amiga para você, Mia. Eu sei que tivemos nossos altos e baixos, mas se em alguma hora eu tiver sido dura com você, foi apenas porque pensei que você não estava sendo verdadeira consigo mesma."

"Hum", eu disse. "Certo."

"Vou escrever uma carta", Lilly continuou, "para o estúdio que produziu essa peça de lixo nonsense, solicitando desculpas por escrito por aquele roteiro irresponsável. E se eles não providenciarem isso — e publicarem em anúncio de página inteira, e na *Variety* — eu vou processar. Não estou nem aí se eu tiver que levar meu caso à Suprema Corte. Esses caras de Hollywood acham que podem jogar qualquer coisa que eles queiram na frente da câmera e o público vai simplesmente lamber os beiços. Bem, isso pode ser verdade para o resto das massas, mas *eu* vou lutar por retratos mais honestos de pessoas e eventos reais. O homem não vai *me* intimidar."

Perguntei a Lilly que homem, pensando que ela queria dizer o diretor ou algo assim e ela só continuou a falar, "O homem! O homem!", como se eu fosse mentalmente incapaz, ou algo assim.

Aí Michael voltou ao telefone e explicou que "o homem" é uma alusão figurativa à autoridade, e que da mesma maneira que os analistas freudianos colocam toda a culpa "na mãe", músicos de blues têm historicamente colocado a culpa de suas desgraças "no homem". Tradicionalmente, Michael me informou, "o homem" é normalmente branco, financeiramente bem-sucedido, de meia-idade e em posição de considerável poder sobre os outros.

Nós conversamos sobre a possibilidade de chamar a banda de Michael de O Homem, mas aí descartamos isso por ter possíveis subtons misóginos.

Sete dias até que eu possa mais uma vez estar nos braços de Michael. Oh, que as horas pudessem voar suavemente como pombas aladas!

Acabo de me dar conta — a descrição de Michael "do homem" parece muito com meu pai! Embora eu duvide de que todos esses músicos de blues estivessem falando do príncipe de Genovia. Até onde eu saiba, meu pai nunca esteve em Memphis.

# Segunda-feira, 12 de janeiro
## Agenda diária real

*8 da noite — meia-noite*
*Sinfônica Real Genoviana*
Exatamente quando parece tipo assim, só tipo assim, que as coisas podem estar começando a rolar do meu jeito, algo sempre tem que acontecer para arruinar tudo.

E como sempre, foi Grandmère.

Acho que ela estava sacando porque eu estava tão sonolenta de novo hoje, porque tinha ficado acordada a noite inteira conversando com Michael. Então hoje de manhã, entre minha cavalgada com a Sociedade Equestre e meu encontro com a Sociedade Genoviana de Desenvolvimento da Beira-Mar, Grandmère me sentou e me deu um sermão. Desta vez não foi sobre os presentes socialmente aceitáveis para se dar a um garoto no seu aniversário. Ao contrário, foi sobre Escolhas Apropriadas.

"Está tudo muito bem e bom, Amelia", Grandmère disse, "você gostar *daquele rapaz.*"

"Acho que sim" eu reclamei, com indignação justa. "Considerando que você nunca nem o conheceu! Quer dizer, o que você sabe sobre Michael, de qualquer forma? Nada!"

Grandmère só me deu aquele olhar do mal. "No entanto", ela continuou, "não acho que seja justo de sua parte deixar seu afeto por este rapaz Michael cegar você para outros pretendentes mais adequados, como..."

Eu interrompi para dizer a Grandmère que se ela dissesse as palavras *príncipe William* eu ia pular da Ponte das Virgens.

Grandmère me disse para não ser mais ridícula do que já sou, que eu jamais poderia me casar com o príncipe William de qualquer forma, por conta de ele ser da Igreja Anglicana. Entretanto, há aparentemente outros parceiros românticos, infinitamente mais adequados do que Michael, para uma princesa da Casa Real de Renaldo. E Grandmère disse que ela odiaria que eu perdesse a oportunidade de conhecer esses outros jovens rapazes só porque eu me iludo com o amor por Michael. Ela me assegurou que, fossem as circunstâncias inversas, se Michael fosse o herdeiro de um trono e de uma fortuna considerável, ela duvidava muitíssimo de que ele seria tão escrupulosamente fiel como eu estava sendo.

Objetei demais com relação a esta avaliação do caráter de Michael. Informei a Grandmère que, se ela jamais tivesse se incomodado em conhecer Michael, teria percebido que, em todos os aspectos da vida dele, desde ser editor do agora falecido *Crackhead* até seu papel como tesoureiro no Clube de Computação, ele tinha mostrado apenas a máxima lealdade e integridade. Também expliquei, o mais pacientemente que pude, que me magoava ouvi-la dizer qualquer coisa negativa sobre um homem para quem eu tinha prometido meu coração.

"É exatamente isso, Amelia", Grandmère disse, revirando seus assustadores olhos. "Você é muito jovem para prometer seu coração a qualquer pessoa. Acho que é muito pouco inteligente de sua parte, na idade de 14 anos, decidir com quem você vai passar o resto de sua vida. A menos, claro, que acontecesse de ser alguém muito, muito especial. Alguém que seu pai e eu conhecêssemos. *Muito, muito* bem. Alguém que, embora possivelmente *pareça* um pouco imaturo, provavelmente só precisa da mulher certa para fazê-lo se assentar. Garotas amadurecem muito mais rápido do que os rapazes, Amelia..."

Interrompi Grandmère para informar a ela que farei 15 anos dentro de quatro meses, e também que Julieta tinha 14 quando se casou com Romeu. Ao que Grandmère replicou, "E aquele relacionamento terminou muito bem, não foi?"

Grandmère claramente nunca tinha se apaixonado. Além disto, não tinha qualquer apreciação por qualquer tipo de tragédias românticas.

"E de qualquer maneira", Grandmère acrescentou, "se você espera segurar *aquele rapaz*, você está fazendo tudo errado".

Achei que era muita falta de apoio de Grandmère estar sugerindo que eu, depois de apenas ter tido um namorado de verdade durante vinte e cinco dias, tempo durante o qual eu tinha falado com ele exatamente três vezes ao telefone, já corria o risco de perdê-lo para alguém com olhos multicoloridos, e disse isso a ela.

"Bem, sinto muito, Amelia", Grandmère disse. "Mas não posso dizer que você sabe se é verdade que você realmente quer ficar com este jovem rapaz."

Eu juro que não sei o que deu em mim naquele momento. Mas foi tipo como se toda a pressão que vinha sendo construída — a história do parquímetro; a saudade de Michael e de minha mãe e de Fat Louie; o que eu ia dizer ao príncipe William; minha espinha — tudo se tornou demais, e me ouvi vomitando, "Claro que quero ficar com ele! Mas como vou ser capaz de fazer isso quando sou uma princesa totalmente não autorrealizada, sem talento, sem peitos, sem-ter-o-tipo-de-Kate-Bosworth e HORRENDA?????"

Grandmère pareceu meio que surpresa com minha explosão. Ela não parecia saber a que tema se dedicar primeiro, se minha falta de talento ou minha falta de seios. Finalmente ela escolheu dizer, "Bem, você poderia começar por não ficar ao telefone com ele até altas horas da noite. Você não dá a ele nenhuma razão para duvidar de seus sentimentos."

"Claro que não", eu disse, horrorizada. "Por que eu faria isso? Eu o amo!"

"Mas você não devia deixá-lo saber disso!" Grandmère parecia pronta a jogar seu Sidecar matutino em mim. "Você é completamente estúpida? *Nunca* deixe um homem ter certeza de seus sentimentos por ele! Você fez um trabalho muito bom no início, com esse negócio de esquecer o aniversário dele. Mas agora você está arruinando tudo com essa história de ligar a toda hora. Se *aquele rapaz* perceber como você realmente se sente, ele vai parar de tentar agradar você."

"Mas Grandmère", eu estava meio confusa. "Você se casou com o meu vô. Certamente ele entendeu que você o amava, se você foi em frente e se casou com ele."

"Avô, Mia, por favor, não esse vulgar *Vou* que vocês americanos insistem em usar". Grandmère fungou e pareceu insultada. "Seu avô muito certamente não 'entendeu' meus sentimentos por ele. Eu praticamente garanto que achou que eu estava me casando com ele apenas por seu dinheiro e seu título. E não acho que preciso lembrar a você que nós passamos quarenta deliciosos anos juntos. E sem quartos separados", ela acrescentou, com alguma malícia, "ao contrário de *alguns* casais reais que eu poderia mencionar."

"Espere um minuto", eu a encarei. "Por quarenta anos, você dormiu na mesma cama que meu avô, mas você nunca nem uma vez disse a ele que o amava?"

Grandmère sugou o resto do seu Sidecar e deixou cair uma mão afetada sobre a cabeça de Rommel. Desde que havia retornado a Genovia e tido o diagnóstico de desordem obsessivo-compulsiva, boa parte do pelo de Rommel havia começado a crescer novamente, graças ao cone de plástico em torno de sua cabeça. Uma penugem branca estava começando a surgir nele todo, tipo um pintinho. Mas isso não o fazia parecer nem um pouco menos repulsivo.

"Isso", Grandmère disse, "é precisamente o que estou dizendo a você. Mantive seu avô sempre na linha, e ele amou cada minuto de tudo. Se você quer segurar esse rapaz Michael, sugiro que você faça a mesma coisa. Pare com esse negócio de ligar para ele toda noite. Pare com esse negócio de não olhar para qualquer outro rapaz. E pare com essa obsessão sobre o que você vai dar a ele de aniversário. *Ele* devia ser o que está obcecado com o que vai comprar para manter *você* interessada, não o contrário."

"*Eu?* Mas meu aniversário é só em maio!" Eu não queria dizer a ela que já tinha descoberto o que ia dar para Michael. Não queria contar a ela porque eu tinha meio que afanado dos fundos do museu do Palácio de Genovia.

Bem, ninguém mais estava usando aquilo, então não vejo por que eu não possa. Sou a princesa de Genovia, afinal de contas. Sou dona de tudo o que está dentro daquele museu, de qualquer forma. Ou pelo menos a família real é.

"Quem diz que um homem deve dar presentes a uma mulher apenas no aniversário dela?" Grandmère estava olhando para mim como se ela se desesperasse muito por eu não ser um Homo Sapiens. Ela levantou o pulso. Pendurado nele estava um bracelete que Grandmère usa muito, com diamantes grandes como moedas de um centavo de Euro penduradas nele. "Eu ganhei isso de seu avô no dia 5 de março, mais ou menos há quarenta anos. Por quê? Cinco de março não é meu aniversário, nem é nenhum tipo de data festiva. Seu avô me deu isso naquele dia simplesmente porque ele achou que o bracelete, como eu, era bonito." Ela baixou sua mão de volta para a cabeça de Rommel. "Assim, Amelia, é como um homem deve tratar a mulher que ele ama."

Tudo o que eu pude pensar foi, *Pobre Grandpère*. Ele não fazia nenhuma ideia de onde estava se metendo quando ficou com Grandmère, que tinha sido uma gata total quando era jovem, antes de ter tatuado os olhos e raspado as sobrancelhas. Tenho certeza de que o vô só precisou dar uma olhada nela, através daquele salão de danças onde eles tinham se conhecido quando ele era apenas o herdeiro do trono e ela era uma alegre e jovem debutante, para congelar, como um pichador pego pelas luzes de um carro da polícia, sem jamais suspeitar o que estava por vir...

Anos de jogos mentais sutis e muitos drinques Sidecar.

"Não acho que consigo ser assim, Grandmère", disse eu. "Quer dizer, não quero que Michael me dê diamantes. Só quero que me convide para o baile de formatura."

"Bem, ele não vai fazer isso", Grandmère disse, "se não achar que há uma possibilidade de que você esteja recebendo propostas de outros garotos."

"Grandmère!", fiquei chocada. "Eu nunca iria ao baile de formatura com ninguém a não ser com Michael!" Não que tivesse uma grande chance de qualquer outra pessoa me chamar, também, mas eu sentia que aquilo não estava em questão.

"Mas você nunca deve deixá-lo *saber* disso, Amelia", Grandmére disse, severamente. "Você deve mantê-lo sempre em dúvida sobre seus sentimentos, sempre na linha. Homens gostam da caçada, sabe, e uma vez que tenham capturado sua presa, eles tendem a perder todo o interesse. Aqui. Isto é para você ler. Acredito que vai ilustrar adequadamente meus argumentos."

Grandmère havia tirado um livro de sua bolsa Gucci e o entregou a mim. Olhei para baixo, incrédula.

"*Jane Eyre?*", eu não estava acreditando. "Grandmère, eu vi o filme. E sem ofensa, mas era meio chato."

"Filme", Grandmère disse fungando. "Leia este livro, Amelia, e veja se ele não ensina a você uma ou duas coisas sobre como os homens e as mulheres se relacionam uns com os outros."

"Grandmère", eu disse, sem ter certeza de como falar para ela que estava ultrapassada. "Acho que as pessoas que querem saber como os homens e as mulheres se relacionam uns com os outros estão lendo *Os homens são de Marte, as mulheres são de Vênus*, hoje em dia."

"LEIA ESTE!", Grandmère gritou, tão alto que assustou Rommel, que pulou de seu colo. Ele se esgueirou para trás de um vaso de gerânios.

Juro, não sei o que fiz para merecer uma avó como a minha. A avó de Lilly admira muito o namorado de Lilly, Boris Pelkowski. Ela está sempre mandando para ele potes de tupperware com *kreplach** e essas coisas. Não sei porque eu tenho que ter uma avó que está sempre tentando me fazer terminar com o cara com quem eu estou namorando só há vinte e cinco dias.

Sete dias, seis horas, quarenta e dois minutos até vê-lo novamente.

---

*Especialidade da cozinha judaica que se assemelha a raviólis e tem recheio de queijo branco. (*N. do E.*)

# Terça-feira, 13 de janeiro
## Agenda Diária Real

*8 da manhã — 10 da manhã*

*Café da manhã com membros da Sociedade Shakespeariana Real Genoviana*

*Jane Eyre* m. chato — até agora nada além de órfãos, maus cortes de cabelos e um monte de tosse.

*10 da manhã — 4 da tarde*

*Sessão do Parlamento Genoviano*

*Jane Eyre* melhorando — ela conseguiu um emprego de governanta na casa de um cara muito rico, o sr. Rochester. O sr. Rochester é m. mandão, tipo Wolverine, ou Michael.

*5 da tarde — 7 da noite*

*Chá com Grandmère e a mulher do primeiro-ministro da Inglaterra*

Sr. Rochester = muito gato. Entrando na minha lista de Caras Totalmente Gatos, entre Hugh Jackman e aquele camarada croata de *ER*.

*8 da noite — 10 da noite*

*Jantar formal com o primeiro-ministro da Inglaterra e família*

Jane Eyre = idiota total! Não foi culpa do sr. Rochester! Por que ela está sendo tão má com ele?

E Grandmère não devia gritar comigo por ler na mesa. Foi ela quem me deu esse livro para ler.

Seis dias, onze horas, vinte e nove minutos para vê-lo novamente.

# Quarta-feira, 14 de janeiro, 3 da madrugada

OK, acho que estou entendendo aonde Grandmère estava querendo chegar com este livro. Mas sério, toda aquela parte onde a sra. Fairfax alerta Jane para não ficar muito íntima do sr. Rochester antes do casamento foi só porque naqueles dias de antigamente não havia métodos anticoncepcionais.

Além do mais — e eu devo consultar Lilly sobre isso —, tenho certeza de que é injusto basear o comportamento de alguém nos conselhos de um personagem de ficção, especialmente de um livro escrito em 1846.

Entretanto, eu realmente entendo o significado geral do alerta da sra. Fairfax, que era isso: Não corra atrás dos garotos. Correr atrás de garotos é ruim. Correr atrás de garotos pode levar a coisas horríveis tipo mansões se desfazendo em chamas, amputação de mãos e cegueira. Tenha algum respeito próprio e não deixe as coisas irem tão longe antes do dia do casamento.

Estou entendendo isso. Realmente estou entendendo isso.

*Mas o que Michael vai pensar se eu simplesmente parar de ligar?????*

Quer dizer, ele pode pensar que não gosto mais dele!!!! E não é como se eu tivesse muitas coisas a meu favor, em primeiro lugar. Quer dizer, como namorada eu sou muito ruim. Não sou boa em nada, não consigo lembrar o aniversário das pessoas e sou uma *princesa*.

Acho que é isso o que Grandmère quer dizer. Acho que você tem de manter os garotos na linha desse jeito.

Não sei. Mas pareceu funcionar com Grandmère. E com Jane, no fim. Acho que eu podia tentar.

Mas não será fácil. São nove da noite na Flórida agora. Quem sabe o que Michael está fazendo? Ele pode ter ido até a praia para um passeio e conhecido alguma garota que faz música, é bonita e sem lar, e que está morando no cais e ganhando a vida com os turistas, para quem ela toca interessantes canções folclóricas em sua Stratocaster. Eu nem consigo jogar tênis, quanto mais tocar um instrumento.

Aposto que ela está usando roupas cheias de franjas e é toda cheia de curvas e tem os dentes perfeitos como pedras preciosas. Nenhum cara pode passar apenas andando quando uma garota como esta está parada por ali.

Não. Grandmère e a sra. Fairfax estão certas. Tenho que resistir. Tenho que resistir à vontade de ligar para ele. Quando você está menos disponível, isso deixa os homens loucos, exatamente como em *Jane Eyre*.

Embora eu ache que mudar de nome e fugir para morar com parentes distantes como Jane fez pode ser um pouco longe demais. Muito apelativo.

Cinco dias, sete horas e vinte e cinco minutos para vê-lo novamente.

# Quarta-feira, 14 de janeiro
# Agenda Diária Real

*8 da manhã — 10 da manhã*
*Café da manhã com a Sociedade Genoviana de Medicina*
Tão, tão cansada. Esta é a última vez que eu fico acordada metade da noite lendo literatura do século XIX.

*10 da manhã — 4 da tarde*
*Sessão do Parlamento Genoviano*
Longo discurso do ministro da Economia! Ele diz que Genovia vai ter parquímetros ou perecer!

*5 da tarde — 7 da noite*
*Sessão do Parlamento Genoviano*
Longo discurso continua. Gostaria de escapar para pegar um refrigerante, mas tenho medo de que isso possa parecer falta de apoio.

*8 da noite — 10 da noite*
*Sessão do Parlamento Genoviano*
Não consigo mais aguentar. Longo discurso muito chato. Além do mais René acaba de enfiar a cabeça pela porta e rir de mim. Deixe-o rir. *Ele* não vai ter que governar um país um dia.

# Quinta-feira, 15 de janeiro
## Jantar formal no país vizinho Mônaco

Grandmère finalmente notou minha espinha. Acho que a ideia de eu encontrar o príncipe William com uma espinha gigante em meu queixo foi demais para ela, já que ela completamente extrapolou os limites. Eu disse a ela que tinha a situação sob controle, mas Grandmère claramente não coloca tanta fé em pasta de dente enquanto ajuda cosmética, como eu. Ela me mandou para o dermatologista real. Ele injetou alguma coisa no meu queixo, depois disse para não colocar mais pasta de dente no rosto.

Parece que não consigo nem lidar com uma espinha direito. Como jamais eu poderei governar um país?

**COISAS A FAZER ANTES DE PARTIR DE GENOVIA**

1. Descobrir um lugar seguro para colocar o presente de Michael, onde ele NÃO seja encontrado por avó ou damas de companhia abelhudas enquanto estiverem embalando minhas coisas (dentro do salto da bota de combate?).

2. Dizer adeus ao pessoal da cozinha e agradecer a eles por todas as comidas vegetarianas.

3. Garantir que o comandante do cais do porto tenha conseguido pendurar um par de tesouras do lado de fora de cada embarcação no porto para uso de turistas de iates que não

trazem seus próprios conjuntos para cortar pacotes de plástico de cerveja.

4. Tirar o nariz e os óculos engraçados da estátua de Grandmère no Hall dos Retratos antes que ela note.

5. Praticar meu discurso "Encontro com príncipe William". Também o discurso "Adeus príncipe René".

6. Quebrar o recorde de François de seis metros e trinta centímetros de lançamento de meias no Corredor dos Cristais.

7. Soltar todos os pombos do pombal do palácio (se eles quiserem voltar, tudo bem, mas eles devem ter a opção de ser livres).

8. Deixar Tia Jean Marie saber que este é o século XXI e que as mulheres não têm mais que viver com o estigma de pelos faciais escuros, e deixar para ela meu creme descolorante.

9. Passar para o ministro da Economia detalhes sobre fabricantes de parquímetros que eu peguei na internet.

10. Pegar meu cetro de volta com o príncipe René.

# Sexta-feira, 16 de janeiro, 11 da noite, Quarto real genoviano

Tina passou ontem o dia inteiro lendo *Jane Eyre* por minha recomendação e concorda comigo que deve haver alguma coisa nessa história toda de deixar-os-caras-correrem-atrás-de-você-em-vez-de-você-correr-atrás-deles. Então ela decidiu não mandar e-mails nem ligar para o Dave (a menos que ele escreva ou ligue antes, claro).

Lilly, entretanto, se recusa a tomar parte nesse plano, já que ela diz que jogos são para crianças e que seu relacionamento com Boris não pode ser qualificado por práticas psicossexuais de acasalamento da era moderna. De acordo com Tina (não posso ligar para Lilly porque Michael pode atender o telefone e aí ele vai pensar que estou correndo atrás dele), Lilly diz que *Jane Eyre* foi um dos primeiros manifestos feministas, e ela aprova de coração que a gente o utilize como modelo para nossos relacionamentos românticos. Embora ela tenha mandado um aviso para mim, por Tina, de que eu não devo esperar que Michael me peça em casamento até depois que ele tenha obtido pelo menos um diploma de pós-graduação, bem como um emprego inicial numa empresa que pague pelo menos duzentos mil dólares por ano, mais bônus de performance anual.

Lilly também acrescentou que, quando ela o viu cavalgando, Michael parecia meio sem romantismo, então eu não devo ter esperanças de que ele vai começar a pular nenhuma sebe, tipo o sr. Rochester, tão cedo.

Mas acho isso difícil de acreditar. Tenho certeza de que Michael ficaria muito bonito num cavalo.

Tina mencionou que Lilly ainda está chateada com o filme da minha vida que foi exibido outro dia. Tina o viu, de qualquer forma, e disse que não foi tão ruim quanto Lilly está querendo fazer parecer. Ela disse que a moça que representou a Diretora Gupta era hilariante.

Mas Tina não estava no filme, por conta de seu pai ter descoberto sobre ele antecipadamente e ameaçado os produtores com um processo se eles mencionassem o nome de sua filha em qualquer parte. O sr. Hakim Baba se preocupa muito com a possibilidade de Tina ser sequestrada por um rival ou um sheik. Tina diz que ela não se importaria de ser sequestrada se o rival ou o sheik fosse gato e quisesse assumir um relacionamento de longo prazo e se lembrasse de comprar para ela um daqueles pingentes de coração de diamante da Joalheria Kay no Dia dos Namorados.

Tina diz que a garota que fez Lana Weinberg no filme fez um trabalho genial e devia ganhar um Emmy. Também que ela não achava que Lana ia ficar muito feliz com a maneira pela qual foi retratada, como uma invejosa com ciúmes da princesa.

Também o cara que fez o Josh era um gato. Tina está tentando descobrir o e-mail dele.

Tina e eu juramos que se qualquer uma de nós tivesse vontade de ligar para os nossos namorados, em vez disso nós íamos ligar uma para a outra. Infelizmente não tenho telefone celular, então Tina não vai ser capaz de me encontrar se eu estiver no meio da condecoração de alguém, ou o que seja. Mas eu certamente vou encher meu pai para ganhar um Motorola amanhã. Pô, eu sou herdeira do soberano de um país inteiro. No mínimo, no mínimo, eu devia ter um pager.

Anotação pessoal: procurar a palavra "sebe".

Quatro dias, doze horas e cinco minutos para ver Michael de novo.

# Sábado, 17 de janeiro
## Jogo de polo real genoviano

Pode haver algum esporte mais chato do que polo? Quer dizer, tirando o golfe? Acho que não.

Além do mais, não acho que seja muito bom para os cavalos ter aqueles martelos compridos balançando muito perto de suas cabeças. É tipo Silver, o cavalo do Zorro. O Zorro fica dando tiros perto da orelha de Silver. Não seria surpresa se o pobre bicho ficasse surdo.

Além do mais, René não tem *muito* espírito esportivo com o príncipe William, nem nada. René fica cavalgando na frente do pobre garoto e roubando a bola dele a cada chance que tem... e eles estão no mesmo time!

Eu juro, se o time de René ganhar, e ele der uma de Mia Hamm e girar a camiseta sobre a cabeça, vou saber que ele só está fazendo isso tudo para se mostrar para as hordas de fãs do príncipe William que estão aqui. O que eu acho que é compreensível. Provavelmente é desconcertante para ele que Wills seja tão mais popular do que ele. E René realmente tem peitorais muito impressionantes.

Se pelo menos todas essas garotas soubessem que ele fica imitando Enrique Iglesias...

Três dias, dezessete horas e seis minutos até ver Michael de novo. Falando sobre peitorais impressionantes...

## Sábado, 17 de janeiro, 11 da noite
## Quarto real genoviano

Grandmère precisa tanto arranjar uma vida própria.

Hoje foi o Baile de Despedida — sabe, para celebrar o fim de minha primeira viagem oficial a Genovia na condição de herdeira do trono.

Enfim, Grandmère vem enchendo o saco sobre esse baile há semanas, como se essa fosse ser a minha primeira grande chance de me redimir por causa de toda a história do parquímetro. Sem mencionar o fator príncipe William. Na verdade, por causa disso e de toda a história de não-achar-que-Michael-é-um-candidato-adequado-a-consorte, ela anda batendo tanto na mesma tecla que eu a culpo inteiramente por minha espinha — mesmo que ela tenha sumido agora, graças aos milagres da dermatologia moderna. Mas mesmo assim. Entre as pressões que Grandmère vem colocando em mim, mais a ansiedade de saber que meu namorado pode estar nesse exato momento tendo aulas de surfe com alguma Kate Bosworth sem-espinhas, é um milagre que minha compleição não se pareça com a daquele cara que eles trancam no porão naquele filme *Os Goonies*.

Enfim. Então Grandmère faz esse grande drama por causa do meu cabelo (que está crescendo e tomando novamente a forma triangular, mas quem liga para isso, já que espera-se que os garotos gostem mais de garotas com cabelos longos do que com cabelos curtos — eu li isso na *Cosmopolitan* francesa) e ela faz esse grande drama por causa das minhas unhas (certo, então apesar de toda a resolução do Ano-Novo eu ainda continuo roendo. Quem pode me condenar? O homem está me deixando mal) e ela faz esse grande drama com o que vou dizer ao príncipe William.

Depois, além de tudo isso, nós vamos ao estúpido baile, e eu ando até o Wills (que eu devo admitir — apesar de meu coração ainda pertencer a Michael — estava bastante másculo em seu fraque) e estou toda preparada para dizer, "Muitíssimo prazer em conhecê-lo", mas aí foi tipo como se no último segundo eu tivesse esquecido com quem eu estava falando, porque ele virou aqueles olhos azuis, azuis para mim, tipo um par de refletores, e eu fico totalmente gelada, exatamente da maneira que fiquei daquela vez quando Josh Richter sorriu para mim na Bigelow's Drugstore. Sério, eu meio que não conseguia lembrar onde estava ou o que estava fazendo ali, eu só estava olhando dentro daqueles olhos azuis e falando, dentro da minha cabeça, *Oh, meu Deus, eles são da mesma cor do mar do lado de fora da janela de meu quarto real genoviano.*

Aí o príncipe William foi falando, "Muito prazer em conhecê-la", e sacudiu minha mão, e eu só fiquei encarando ele, mesmo que eu nem mesmo goste dele assim. ESTOU APAIXONADA POR MEU NAMORADO.

Mas acho que é isso o que esse cara tem, ele tem esse carisma todo, meio tipo Bill Clinton (só que eu nunca o conheci; só li sobre isso).

Enfim, foi isso. Foi essa a duração de minha interação com o príncipe William da Inglaterra! Ele se virou depois disso para responder à pergunta de alguém sobre corrida de cavalos de raça e eu fiquei tipo "Oh, veja, cogumelos assados", para encobrir minha mortificação excruciante e fui correndo atrás do garçom que estava passando. É isso, fim.

Desnecessário dizer, eu não peguei o e-mail dele. Tina vai ter que aprender a viver com este desapontamento.

Oh, mas minha noite não terminou aí. Não mesmo. Não, eu mal sabia que havia muito, muito mais a acontecer, com Grandmère me empurrando para o *príncipe René* a noite toda, para que nós dois pudéssemos dançar em frente a esse repórter da *Newsweek* que está em Genovia para fazer uma reportagem sobre a transição de nosso país para o Euro. Ela JUROU que era a única razão: para a fotografia.

Mas aí quando a gente estava dançando — o que, por sinal, eu sou horrível em fazer... dançar, quero dizer. Posso dançar *box step* se olhar para baixo o tempo todo e contar dentro da minha cabeça, mas isso é tudo, tirando dançar junto, mas adivinhe o quê? Eles não dançam música lenta em Genovia... pelo menos, não no palácio — eu vi Grandmère totalmente circulando, apontando-nos para as pessoas, e foi tão óbvio o que ela estava dizendo, que você nem mesmo tinha que fazer leitura de lábios para saber que ela estava falando "Eles não fazem o casal mais adorável do mundo?"

ECA!!!!!!!!!!!!!!!!!!!!!!!!!!!!!!!!!!!!!!!!!!!!!!!!!!

Então, quando a dança acabou, só para o caso de Grandmère estar tendo qualquer ideia, eu fui até ela e falei "Grandmère, estou desejando dar um tempo nessa coisa de ligar para o Michael, mas isso não significa que vou começar a sair com o príncipe René", que, por sinal, me perguntou se eu queria dar uma saída para o terraço e fumar um cigarro.

Claro que eu disse a ele que não fumo e que ele não devia fumar também, já que o tabaco é responsável por meio milhão de mortes por ano apenas nos Estados Unidos, mas ele só riu para mim, tipo o James Spader de *A garota de rosa-shoking*.

Aí então eu disse a ele para não ficar tendo muitas ideias, que eu já tinha um namorado e talvez ele não tivesse visto o filme sobre a minha vida, mas eu sei totalmente como lidar com caras que só estão atrás de mim por causa das joias da minha coroa.

Aí então René disse que eu era adorável e eu disse, "Oh, pelo amor de Deus, corta esse lance de Enrique Iglesias", e aí meu pai apareceu e perguntou se eu tinha visto o primeiro-ministro da Grécia e eu disse, "Pai, acho que Grandmère está tentando me jogar para cima do René", e aí meu pai ficou todo de lábios apertados e pegou Grandmère de lado e teve "Uma Palavra" com ela, enquanto o príncipe René vazava para agarrar uma das irmãs Hilton.

Mais tarde Grandmère apareceu e me disse para não ser tão ridícula, que ela apenas queria que o príncipe René e eu dançássemos juntos porque era uma foto bonita para a *Newsweek* e que talvez, se eles publicassem uma história sobre a gente, aquilo iria atrair mais turistas.

Ao que eu repliquei que, à luz de nossa infraestrutura decadente, mais turistas é exatamente o que este país não precisa.

Suponho que se meu palácio fosse comprado sem meu conhecimento por algum designer de sapatos eu ficaria muito desesperada também, mas eu não ia ficar com uma garota que tem o peso de uma população inteira em seus ombros — e que *já* tinha um namorado, além do mais.

Por outro lado, se a *Newsweek* realmente publicar a foto, talvez Michael fique todo cheio de ciúmes de René, do jeito que o sr. Rochester ficou com aquele cara St. John, e ele vai ficar me dando ainda mais ordens!!!

Dois dias, oito horas e dez minutos até ver Michael de novo.

NÃO CONSIGO ESPERAR!!!!!!!!!!!!!!!!!!!!!!!!!!

# Segunda-feira, 19 de janeiro, 3 da tarde, hora de Genovia, jato real genoviano, 35 mil pés de altura

Não consigo acreditar que

A. Meu pai ficou em Genovia para resolver a crise do estacionamento em vez de voltar para Nova York comigo.

B. Ele realmente acreditou em Grandmère quando ela disse que, devido à minha pobre performance em Genovia, minhas aulas de princesa precisam continuar.

C. Ela (para não mencionar Rommel) está voltando para Nova York comigo.

ISSO NÃO É JUSTO. Eu mantive minha parte do acordo. Eu fui a cada uma das aulas de princesa que Grandmère me deu no outono passado. Passei em álgebra. Fiz meu pronunciamento estúpido para o povo genoviano.

Grandmère diz que, apesar do que eu possa pensar, eu ainda tenho muito o que aprender sobre governar. Só que ela está muito errada. Eu sei que ela só está voltando para Nova York comigo para poder continuar me torturando. É tipo um hobby dela, agora. Na verdade, pelo que sei, pode ser até um dom dela, um talento concedido por Deus.

E sim, antes de sair meu pai me passou cem euros e me disse que, se eu não fizesse um drama por causa de Grandmère, ele ia me recompensar por isso um dia.

Mas não há nada que ele possa fazer para me recompensar por *isso*. Nada.

Ele diz que ela só é uma velha inofensiva e que eu devia tentar aproveitar a companhia dela enquanto eu posso, porque um dia ela não vai mais estar conosco. Eu só olhei para ele como se ele estivesse louco. Até ele não conseguiu manter o rosto sério. Ele falou, "Tudo bem, vou doar *duzentos* dólares por dia para o Greenpeace se você garantir que ela não vai me deixar de cabelo em pé."

O que é engraçado, porque claro que meu pai não tem mais nenhum. Cabelo, quero dizer.

Este é o dobro da quantia que ele já estava doando em meu nome para minha organização favorita. Eu sinceramente espero que o Greenpeace aprecie o supremo sacrifício que estou fazendo por amor a eles.

Então Grandmère está voltando para Nova York comigo e arrastando um lamuriento Rommel com ela. Bem quando o pelo dele tinha começado a crescer de novo, também. Pobre bichinho.

Eu disse a meu pai que eu iria aguentar toda essa história de aula-de-princesa de novo esse semestre, mas que era melhor que ele deixasse uma coisa clara para Grandmère antecipadamente, que é isso: eu tenho um namorado sério agora. É melhor Grandmère não tentar sabotar isso, ou achar que ela pode ficar tentando me juntar com algum príncipe René. Não ligo para quantos títulos da coroa o cara tem, meu coração pertence ao sr. Michael Moscovitz, Escudeiro.

Meu pai disse que ele ia ver o que podia fazer. Mas não sei o quanto ele estava realmente prestando atenção, já que a Miss República Tcheca estava por lá, girando seu xale, meio que impaciente.

Enfim, agora há pouco eu mesma disse a Grandmère que é melhor ela prestar atenção no que disser a respeito de Michael.

"Não quero ouvir mais nada sobre como eu sou muito jovem para estar apaixonada", eu disse, durante o almoço (salmão cozido para Grandmère, salada de três feijões para mim) servido pelas comissárias de bordo reais genovianas. "Já sou madura o suficiente para conhecer meu próprio coração e isso quer dizer que sou madura o suficiente para dar esse coração a alguém, se eu escolher assim."

Grandmère disse algo sobre como então eu devia estar preparada para uma ferida no coração, mas eu a ignorei. Só porque sua vida romântica, desde que Vovô morreu, vem sendo totalmente insatisfatória, não é razão para ela ser tão cínica com a minha. Quer dizer, isso é o que ela consegue por ficar saindo com poderosos da imprensa e ditadores e coisas assim.

Michael e eu, ao contrário, estamos a caminho de viver um grande amor, exatamente como Jane e o sr. Rochester. Ou Jennifer Aniston e Brad Pitt.

Ou pelo menos estaremos, se um dia conseguirmos sair para um encontro de verdade.

Um dia, catorze horas até vê-lo novamente.

# Segunda-feira, 19 de janeiro, Dia de Martin Luther King, no apartamento, finalmente

Estou tão feliz que parece que vou explodir, tipo aquela berinjela que uma vez eu joguei pela janela do quarto de Lilly no décimo sexto andar.

Estou em casa!!!!!!! Finalmente em casa!!!!!!!!

Não consigo descrever como é bom olhar pela janela do avião e ver as luzes brilhantes de Manhattan embaixo de mim. Isso trouxe lágrimas aos meus olhos, sabendo que eu estava uma vez mais no espaço aéreo sobre minha amada cidade. Embaixo de mim, eu sabia, motoristas de táxi estavam quase atropelando velhinhas (infelizmente, não Grandmère), donos de deli estavam dando troco a menos para seus clientes, investidores não estavam limpando o cocô de seus cachorros e as pessoas pela cidade toda estavam sonhando seus sonhos de se tornarem cantores, atores, músicos, escritores ou dançarinos completamente esmagados por produtores, diretores, agentes, editores e coreógrafos sem alma.

Sim, eu estava de volta à minha bela Nova York. Finalmente eu estava de volta ao lar.

Eu tive certeza disso quando saí do avião e lá estava Lars esperando por mim, pronto para assumir a função de guarda-costas de François, o cara que tinha cuidado de mim em Genovia e que tinha me ensinado todos os palavrões franceses. Lars parecia especialmente ameaçador por conta de estar totalmente escuro, bronzeado por causa de seu mês de férias. Ele tinha passado as férias de inverno com o guarda-costas de Tina Hakim Baba, Wahim, mergulhando e caçando javalis em Belize. Ele me deu um pedaço de mandíbula como lembrança de sua viagem, mesmo que, claro, eu não aprove a matança de animais por recreação, nem mesmo javalis, que realmente não podem evitar o fato de serem tão feios e maus.

Aí, depois de um atraso de 65 minutos, graças a um engavetamento na Belt Parkway, eu estava em casa.

Foi tão bom ver minha mãe!!!!! A barriga dela está começando a aparecer agora. Eu não quis dizer nada, porque mesmo que minha mãe diga que não acredita no padrão ocidental de beleza ideal e que não há nada errado com uma mulher que veste um número maior do que 46, tenho certeza de que se eu tivesse dito alguma coisa tipo "mãe, você está enorme", mesmo de maneira lisonjeira, ela começaria a chorar. Afinal de contas, ela ainda tem uns bons meses pela frente.

Então em vez disso eu só falei, "esse bebê deve ser menino. Ou, se não for, deve ser uma menina tão grande quanto eu".

"Oh, eu espero que sim", disse minha mãe, enquanto enxugava as lágrimas de alegria do rosto — ou talvez ela estivesse chorando porque Fat Louie estava mordendo os seus tornozelos com tanta força em seu esforço para chegar perto de mim. "Eu poderia ter outra você para poder usar quando você não estiver por perto. Senti tantas saudades! Não tinha ninguém para me repreender por pedir carne de porco assada e sopa chinesa de *wonton* do Number One Noodle Son."

"Eu tentei", garantiu o sr. Gianini.

O sr. G parece ótimo, também. Ele está deixando crescer uma barbicha. Eu fingi que gostei.

Aí eu me abaixei e peguei Fat Louie, que estava uivando para chamar minha atenção, e dei nele um enorme abraço apertado. Posso estar errada, mas acho que ele perdeu peso enquanto eu estive fora. Não quero acusar ninguém de deixá-lo passar fome propositadamente, mas notei que sua tigela de comida seca não estava completamente cheia. Na verdade, estava perigosamente perto da metade. Eu sempre mantive a tigela de Fat Louie cheia até a borda, porque você nunca sabe quando pode haver uma calamidade súbita, matando todo mundo em Manhattan menos os gatos. Fat Louie não pode colocar sua própria comida, já que não tem polegares, então ele precisa de um pouco mais para o caso de todos nós morrermos e não haver ninguém por perto para abrir o saco para ele.

Mas o loft está tão legal!!!!!!!! O sr. Gianini fez muitas coisas nele enquanto eu estava fora. Ele se livrou da árvore de Natal — a primeira vez na história da família Thermopolis em que a árvore de Natal estaria fora do loft na Páscoa — e colocou no lugar uma conexão digital. Então agora você pode mandar e-mail ou entrar na internet a qualquer hora que quiser, sem ocupar o telefone.

É como um milagre de Natal.

E isso não é tudo. O sr. G também refez completamente o quarto escuro, abandonado quando minha mãe estava passando por sua fase Ansel Adams. Ele puxou as bordas das janelas para fora e se livrou de todas as químicas nocivas que haviam estado por ali desde sempre porque minha mãe e eu tínhamos muito medo de tocar nelas. Agora o quarto escuro vai ser o quarto do bebê! É tão ensolarado e bacana lá dentro.

Ou pelo menos *era*, até minha mãe começar a pintar as paredes (com tinta atóxica, claro, para não colocar em risco o bem-estar de sua criança que ainda nem nasceu!) com cenas de importante significado histórico, como o julgamento de Winona Ryder e o casamento de J. Lo e Ben Affleck, para que, ela diz, o bebê tenha uma compreensão de todos os problemas enfrentados por nossa nação (o sr. G me assegurou em particular que ele vai pintar tudo de novo assim que minha mãe for para a maternidade. Ela jamais vai notar a diferença depois que as endorfinas baterem. Tudo o que posso fazer é dar graças a Deus que mamãe tenha pegado um cara com tanto bom senso para ser seu reprodutor.

Mas a melhor coisa de todas foi o que estava esperando por mim na secretária eletrônica. Minha mãe tocou para mim orgulhosamente quase no minuto em que entrei pela porta.

ERA UM RECADO DE MICHAEL!!!! MINHA PRIMEIRA MENSAGEM GRAVADA DE MICHAEL DESDE QUE COMECEI A NAMORAR COM ELE!!!!!!!!!!!

O que, claro, quer dizer que funcionou. A história de eu-não-ligar-para-ele, quer dizer.

A mensagem é assim:

*"Hum, oi, Mia? Aí, é o Michael. Eu estava pensando se você podia, hm, me ligar quando você receber esse recado. Porque não tive mais notícias suas há um tempo. E só quero saber se você está, hm, legal. E ter certeza de que você chegou bem em casa. E que não há nada errado. Beleza. É isso. Bem. Tchau. Aqui é o Michael, por sinal. Talvez eu já tenha dito isso. Não lembro. Oi, sra. Thermopolis. Oi, sr. G. Beleza. Bom. Me liga, Mia. Tchau."*

Eu tirei a fita da secretária eletrônica e estou guardando na gaveta de minha mesa de cabeceira junto com

A. Alguns grãos de arroz do saco em que Michael e eu nos sentamos no Baile da Diversidade Cultural, em memória da primeira vez em que dançamos juntos música lenta;

B. um pedaço de torrada totalmente seca do *Rocky Horror Show*, que é onde Michael e eu fomos em nosso primeiro encontro, embora não tenha sido realmente um encontro, porque Kenny foi, também; e

C. um floco de neve roubado do Baile Inominável de Inverno, em memória da primeira vez em que Michael e eu nos beijamos.

Foi o melhor presente de Natal que eu jamais poderia ter ganho, esse recado. Melhor ainda que a conexão digital.

Aí então eu entrei no meu quarto e desfiz as malas e toquei a mensagem direto umas 50 vezes no meu gravador, e minha mãe ficou entrando para me dar mais abraços e me perguntar se eu queria escutar o novo CD da Liz Phair e querendo me mostrar suas estrias. Então lá pela trigésima vez que ela entrou e eu estava tocando a mensagem de Michael de novo e ela falou "Você ainda não ligou para ele, meu bem?" e eu falei, "Não", e ela falou, "Bem, por que não?", e eu falei, "Porque estou tentando ser Jane Eyre."

E aí minha mãe ficou toda de olhos arregalados como ela fica sempre que estão debatendo financiamento para as artes no canal público.

"Jane Eyre?", ela repetiu. "Você quer dizer o livro?"

"Exatamente", eu disse, puxando os pequenos seguradores de guardanapos de diamantes napoleônicos que o primeiro-ministro da França havia me dado de Natal de perto de Fat Louie, que tinha se deitado dentro da minha mala, acho que acreditando erradamente que eu estava fazendo as malas, e não desfazendo as malas, e ele queria tentar assim me impedir de partir novamente. "Olhe, Jane não corria atrás do sr. Rochester, ela deixava ele correr atrás dela. E Tina e eu também, nós duas fizemos votos solenes de que vamos ser exatamente como Jane."

Ao contrário de Grandmère, minha mãe não pareceu feliz ao ouvir isso.

"Mas Jane Eyre era tão má com o pobre sr. Rochester!", ela gritou.

Eu não mencionei que isso era o que eu tinha pensado também... a princípio.

"Mãe", eu disse, muito firmemente. "E aquela coisa toda de manter Bertha trancada no sótão?"

"Porque ela era uma louca", minha mãe apontou. "Eles não tinham psicotrópicos naquela época. Manter Bertha trancada no sótão era mais legal, na verdade, do que mandá-la para um hospital psiquiátrico, considerando como eles eram naquela época, com as pessoas acorrentadas às paredes. Falando sério, Mia. Eu juro que não sei de onde você tira metade das suas ideias. Jane Eyre? Quem falou a você sobre Jane Eyre?"

"Hum", eu disse, encurralada porque eu sabia que minha mãe não ia gostar da resposta. "Grandmère."

Os lábios de minha mãe ficaram tão estreitos que desapareceram completamente.

"Eu devia ter adivinhado", ela disse. "Bem, Mia, acho que é recomendável que você e suas amigas tenham decidido não correr atrás de rapazes. Entretanto, se um rapaz deixa uma mensagem legal na secretária eletrônica, como Michael fez, seria muito difícil ser considerado assédio você fazer essa coisa educada de retornar a ligação dele."

Pensei sobre isso. Minha mãe estava provavelmente certa. Quer dizer, não é como se Michael tivesse uma mulher maluca trancada no sótão. O apartamento da Quinta Avenida onde os Moscovitzes moram nem tem um sótão, até onde eu saiba.

"Beleza", eu disse, deixando as roupas que eu estava tirando da mala. "Acho que eu posso retornar a ligação dele". Meu coração estava inchando só de pensar. Em um minuto — menos de um minuto, se eu conseguisse tirar minha mãe do quarto rápido o suficiente — eu estaria falando com Michael! E não teria aquele som estranho que sempre tem quando você liga do outro lado do oceano. Porque não haveria mais oceano separando a gente! Só o Washington Square Park. E eu não teria que me preocupar com ele desejando que eu fosse a Kate Bosworth em vez de Mia Thermopolis, porque não há Kate Bosworths em Manhattan... ou pelo menos se há, elas têm de ficar vestidas, pelo menos no inverno.

"Retornar ligações provavelmente não conta como correr atrás", eu disse. "Isso provavelmente seria legal."

Minha mãe, que estava sentada na ponta da minha cama, só sacudiu a cabeça.

"Falando sério, Mia", disse ela. "Você sabe que não gosto de contradizer sua avó" — esta era a maior mentira que eu já tinha ouvido desde que René me disse que eu valsava divinamente, mas eu deixei rolar, por conta da condição de mamãe — "mas eu realmente não acho que você devia ficar fazendo jogos com garotos. Particularmente um garoto de quem você gosta. Particularmente um garoto como Michael."

"Mãe, se eu quiser passar o resto da minha vida com ele, eu tenho de fazer jogos com Michael", eu expliquei a ela, pacientemente. "Eu certamente não posso dizer a ele a verdade. Se ele jamais souber das profundezas de minha paixão por ele, ele nunca vai sair correndo como um cervo assustado."

Minha mãe pareceu assombrada. "Um o quê?"

"Um cervo assustado", eu expliquei. "Veja, Tina disse ao namorado dela Dave Farouq El-Abar o que ela realmente sente por ele e ele deu uma total de David Caruso para cima dela."

Minha mãe piscou. "De quem?"

"David Caruso", eu disse. Eu fiquei com pena da minha mãe. Claramente ela tinha só conseguido conquistar o sr. Gianini pelos seus belos dentes. Eu não conseguia acreditar que ela não sabia dessas coisas. "Sabe, ele desapareceu por um tempo realmente grande. Dave só ressurgiu quando Tina conseguiu arranjar ingressos da Wrestlemania para o Madison Square Garden. E desde então, Tina diz que as coisas ficaram realmente complicadas." Desfeita a mala, eu empurrei Fat Louie para fora dela, fechei-a e coloquei-a no chão. Depois me sentei perto de minha mãe na cama. "Mãe", eu disse. "Eu *não* quero que aconteça isso comigo e Michael. Eu amo Michael mais do que qualquer outra coisa no mundo, a não ser você e Fat Louie."

Eu só disse a parte do você para ser educada. Acho que amo Michael mais do que amo minha mãe. Parece terrível dizer isso, mas não consigo evitar, só que me sinto assim.

Mas eu jamais vou amar ninguém nem nada mais do que amo Fat Louie.

"Então você não vê?", eu disse a ela. "O que Michael e eu temos, eu não quero estragar. Ele é meu Romeu de black jeans." Mesmo que, claro, eu jamais tenha visto Michael de black jeans. Mas tenho certeza de que ele tem algum. É só que a gente tem um código de vestimenta na escola, então normalmente quando o vejo ele está com calças de flanela cinza, já que elas são parte de nosso uniforme. "E a verdade é que Michael é melhor do que eu, de qualquer forma. Então tenho que ser especialmente cuidadosa."

Minha mãe piscou para mim meio que confusa. "Melhor que você? Do que afinal de contas você está falando, Mia?"

"Bem, você sabe", eu disse. "Quer dizer, mãe, não sou exatamente um achado. Não sou realmente bonita, nem nada, e acho que nós duas sabemos como eu tive que dar duro para passar no meu primeiro semestre de caloura em álgebra. E não sou realmente boa em nada."

"Mia!" Minha mãe parecia totalmente chocada. "Do que você está falando? Você é boa num monte de coisas! Bom, você sabe tudo sobre o meio ambiente e a Islândia e o que está passando no Lifetime Channel..."

Eu tentei sorrir encorajadoramente para ela, como se eu realmente pensasse que essas coisas fossem talentos. Eu não queria fazer minha mãe se sentir mal por não ter passado nenhum de seus talentos artísticos para mim. Isso totalmente não é culpa dela, só de alguma perna de DNA que falhou em algum lugar.

"É", eu disse. "Mas olha, mãe, esses não são talentos de verdade. Michael é brilhante e inteligente e ele pode tocar um monte de instrumentos e escrever músicas e é bom em tudo o que faz, e é realmente uma questão de tempo até que ele fique caído por alguma garota totalmente linda que pode surfar ou qualquer coisa assim..."

"Não sei por que", disse minha mãe, "você acha que só porque você teve que dar mais duro em álgebra do que outras pessoas na sua turma você não é boa em nada, ou que Michael vai ficar com uma garota que surfa. Mas acho que se você não vê um garoto há um mês, e ele deixa um recado para você, a coisa mais decente a se fazer é ligar de volta para ele. Se você não fizer isso, acho que você pode ter muita certeza de que ele vai sair fora. E não vai ser como um cervo assustado."

Eu pestanejei para minha mãe. Ela tinha razão. Eu vi então que o plano de Grandmère — sabe, de sempre manter o homem que você ama imaginando se você o ama ou não de volta — tinha algumas armadilhas. Tipo assim, ele podia simplesmente decidir que você não gosta dele e cair fora, e talvez se apaixonar por outra garota de cuja afeição ele pode ter certeza, tipo Judith Gershner, presidente do Clube de Computação e menina-prodígio, mesmo que supostamente ela esteja namorando um garoto de Trinity, mas você nunca sabe, isso poderia ser uma armadilha para me dar uma falsa sensação de segurança com Michael e deixar minha guarda cair, achando que ele está a salvo do poder de clonagem-de-mosca-de-fruta de Judith...

"Mia", minha mãe disse, olhando para mim toda preocupada. "Você está bem?"

Tentei sorrir, mas não consegui. Como, eu imaginei, Tina e eu podíamos ter negligenciado essa falha tão séria em nosso plano? Mesmo agora, Michael poderia estar no telefone com Judith ou alguma outra garota igualmente intelectual, falando sobre quasares ou fótons ou o que seja que as pessoas inteligentes falam. Pior, ele podia estar no telefone com Kate Bosworth, falando sobre as superfícies das ondas.

"Mãe", eu disse, ficando de pé. "Você tem que sair. Eu preciso ligar para ele."

Fiquei feliz porque o pânico que estava fechando minha garganta não era audível em minha voz.

"Oh, Mia", minha mãe disse, parecendo satisfeita. "Realmente acho que você devia ligar. Charlotte Brontë é, claro, uma autora brilhante, mas você tem que lembrar, ela escreveu *Jane Eyre* em 1840, e as coisas eram um pouco diferentes naquela época..."

"Mãe", eu disse. Os pais de Lilly e Michael, os drs. Moscovitzes, têm essa regra totalmente rígida sobre ligar depois das onze da noite durante a semana. É proibido. E eram praticamente onze. E minha mãe ainda estava ali de pé, me impedindo de ter a privacidade de que eu precisaria se fosse fazer essa ligação tão importante.

"Oh", ela disse, sorrindo. Mesmo grávida, minha mãe ainda é uma supergata, com todos aqueles cabelos longos escuros com uns cachos totalmente certos. Eu claramente herdei os cabelos de meu pai, o que eu na verdade jamais tinha visto, já que ele sempre foi careca, desde que o conheço.

O DNA é tão injusto.

Enfim, FINALMENTE ela saiu — mulheres grávidas se movem *tão* vagarosamente, eu juro que a gente poderia pensar que a evolução devia tê-las feito mais rápidas para que pudessem escapar de predadores ou o que seja, mas acho que não — e eu me arremessei para o telefone, meu coração disparado porque finalmente, FINALMENTE, eu ia falar com Michael, e minha mãe tinha até dito que estava tudo bem, que eu ligar para ele não contaria como assédio, já que ele tinha ligado primeiro...

E bem na hora que eu estava prestes a pegar o telefone, ele tocou. Meu coração realmente fez essa coisa pululante dentro do meu peito, tipo ele faz sempre que vejo Michael. Era Michael ligando, eu simplesmente sabia daquilo. Eu peguei depois do segundo toque — mesmo que eu não quisesse que ele me trocasse por uma garota mais atenciosa, eu também não queria que ele pensasse que eu estava sentada perto do telefone esperando ele ligar — e disse, em meu tom mais sofisticado, "Alô?"

A voz rouca-de-cigarro de Grandmère encheu meus ouvidos. "Amelia?" ela rugiu. "Por que você está com essa voz? Está chateada por causa de alguma coisa?"

"Grandmère." Eu não conseguia acreditar. Eram dez e cinquenta e nove! Eu tinha exatamente um minuto para ligar para Michael sem me arriscar a incorrer na ira dos pais dele. "Não posso falar agora. Tenho que dar outro telefonema."

"*Pfuit!*" Grandmère fez aquele seu ruído de desaprovação. "E para quem estaria você ligando a essa hora, como se eu já não soubesse?"

"Grandmère." Dez e cinquenta e nove e meio. "Tudo bem. Ele me ligou primeiro. Estou retornando a ligação. É uma coisa educada a se fazer."

"É muito tarde para você estar ligando para *aquele rapaz*", Grandmère disse.

Onze horas. Eu tinha perdido minha oportunidade. Graças a Grandmère.

"Você vai vê-lo amanhã na escola, de qualquer maneira", ela continuou. "Agora, deixe-me falar com sua mãe."

"Minha mãe?" Eu estava chocada com aquilo. Grandmère nunca fala com minha mãe, se puder evitar. Elas não se dão desde que minha mãe se recusou a se casar com meu pai depois que ficou grávida de mim, por conta de ela não querer que sua criança fosse sujeitada às vicissitudes da aristocracia de seu progenitor.

"Sim, sua mãe", Grandmère disse. "Certamente você sabe dela."

Então eu saí e passei o telefone para minha mãe, que estava sentada na sala de estar com o sr. Gianini, assistindo a *The Anna Nicole Show*. Eu não contei a ela quem estava no telefone, porque se eu tivesse contado minha mãe teria me dito para dizer a Grandmère que ela estava no banho, e aí eu teria que falar com ela mais um pouco.

"Alô?", minha mãe disse, toda feliz, pensando que era alguma de suas amigas ligando para comentar os pitis de Howard K. Stern e Bobby Trendy. Eu vazei o mais rápido que pude. Havia muitos objetos pesados ali por perto do sofá e que minha mãe poderia ter atirado na minha direção se eu tivesse ficado dentro da área de alcance dos mísseis.

De volta ao meu quarto, pensei tristemente em Michael. O que eu ia dizer a ele amanhã, quando Lars e eu aparecêssemos na limusine para pegá-lo e a Lilly antes da escola? Que eu tinha chegado muito tarde para ligar? E se ele notasse minhas narinas inflando quando eu falasse? Não sei se ele percebeu que elas fazem isso quando eu minto, mas acho que meio que mencionei isso a Lilly, já que eu tenho uma completa inabilidade para manter minha boca fechada sobre coisas que eu realmente deveria guardar para mim mesma, e vamos supor que ela tenha contado a ele?

Aí, quando fiquei sentada lá, prostrada na minha cama, com muito sono, porque em Genovia eram cinco da manhã e eu estava totalmente fora de fuso horário, eu tive uma ideia brilhante. Eu podia ver se Michael estava conectado, e mandar uma mensagem para ele! Eu podia fazer isso mesmo que minha mãe estivesse no telefone com Grandmère, porque agora a gente tinha conexão digital!

Então me arrastei até meu computador e fiz exatamente isso. E ele estava conectado!

*Michael,* eu escrevi. *Oi, sou eu! Cheguei! Queria ligar para você, mas já passa das onze e eu não queria que sua mãe e seu pai ficassem zangados.*

Michael havia trocado seu apelido desde o falecimento do *Crackhead.* Ele não é mais CracKing. Ele é LinuxRulz, em protesto ao monopólio da Microsoft na indústria de softwares.

LinuxRulz: Bem-vinda ao lar! É bom saber notícias suas. Eu fiquei preocupado que você tivesse morrido ou algo assim.

Então ele tinha notado que eu tinha parado de ligar! O que significa que o plano que Tina e eu tínhamos bolado estava funcionando perfeitamente. Pelo menos até agora.

FtLouie: Não, morta não. Só superocupada. Sabe, o destino da aristocracia pesando sobre meus ombros e coisa e tal. Então Lars e eu podemos passar para apanhar você e Lily amanhã para ir à escola?

LinuxRulz: Isso seria bom. O que você vai fazer na sexta?

O que vou fazer na sexta? Ele estava me convidando para SAIR? Michael e eu realmente íamos ter um encontro? Finalmente????

Tentei teclar casualmente para que ele não soubesse que eu estava tão animada, eu já tinha assustado Fat Louie pulando para cima e para baixo na minha cadeira do computador e quase rolando por cima do rabo dele.

FtLouie: Nada, que eu saiba. Por quê?

LinuxRulz: Quer ir jantar no Screening Room? Eles estão passando o primeiro *Guerra nas estrelas*.

OH, MEU DEUS!!!!!!!! ELE *ESTAVA* ME CONVIDANDO PARA SAIR!!!!!!!! Jantar e cinema. Ao mesmo tempo. Porque no Screening Room você se senta numa mesa e janta enquanto o filme está passando. E *Guerra nas estrelas* é apenas meu filme favorito de todos os tempos, depois de *Dirty Dancing*. Poderia HAVER uma garota mais sortuda do que eu? Não, acho que não. Me morda, Britney.

Meus dedos estavam tremendo quando eu teclei:

FtLouie: Acho que seria legal. Tenho que ver com minha mãe. Posso responder amanhã?

LinuxRulz: Tudo bem. Então a gente se vê amanhã? Lá pelas 8:15?

FtLouie: Amanhã, 8:15.

Eu queria acrescentar alguma coisa tipo eu senti saudades ou eu te amo, mas não sei, aquilo pareceu tão estranho, e não consegui. Quer dizer, é embaraçoso dizer à pessoa que você ama que você a ama. Não devia ser, mas é. E também não parecia tipo alguma coisa que Jane Eyre faria. A menos, sabe, que ela tivesse acabado de descobrir que o homem que ela ama tinha ficado cego numa tentativa heroica de salvar sua mulher louca e incendiária de um inferno no qual ela mesma tinha se enfiado.

Me chamar para sair para jantar e ver um filme de alguma maneira não me parecia realmente a mesma coisa.

Aí Michael escreveu

LinuxRulz: Garoto, eu tenho ido de um lado a outro desta galáxia —

que é uma das minhas frases favoritas do primeiro *Guerra nas Estrelas*. Aí eu escrevi

FtLouie: Acontece que eu gosto de homens legais.

— pulando direto para *O império contra-ataca*, ao que Michael replicou

LinuxRulz: Eu sou legal.

O que é melhor do que dizer eu te amo, porque logo em seguida que Han Solo diz isso, ele totalmente beija a Princesa Leia. OH, MEU

DEUS!!! Parece realmente que Michael é Han Solo e eu a princesa Leia, porque Michael é bom em consertar coisas como hiperdrives, e, bem, eu sou uma princesa, e eu sou muito socialmente consciente como Leia, e tudo.

Além do mais, o cachorro de Michael, Pavlov, meio que parece com Chewbacca. Se Chewbacca fosse um *sheltie*.

Eu não poderia imaginar um encontro mais perfeito, nem se tentasse. Mamãe vai me deixar ir, também, porque o Screening Room não é tão longe, e é *Michael*, afinal de contas. Até o sr. Gianini gosta de Michael, e ele não gosta de muitos dos garotos que frequentam a Albert Einstein — ele diz que eles são quase todos um monte de testosterona andante.

Imagino se a princesa Leia já leu *Jane Eyre*. Mas talvez *Jane Eyre* não exista na galáxia dela.

Não vou conseguir dormir nunca, agora, estou muito ligada. *Vou vê-lo em oito horas e quinze minutos.*

E na sexta-feira, vou estar sentada perto dele numa sala escura. Sozinhos. Sem ninguém mais por perto. A não ser todas as garçonetes e as outras pessoas no cinema.

A Força está *muito* comigo.

## Terça-feira, 20 de janeiro
## Primeiro dia de aula depois das férias de inverno, sala de estudos

Eu mal consegui sair da cama de manhã. Na verdade, a única razão pela qual fui capaz de me arrastar de sob os cobertores — e de Fat Louie, que ficou deitado em meu peito ronronando como um cortador de grama a noite inteira — foi a possibilidade de ver Michael pela primeira vez em trinta e dois dias.

É completamente cruel forçar uma pessoa jovem como eu, quando devia estar tendo pelo menos nove horas de sono por noite, a viajar para cima e para baixo entre dois fusos horários tão drasticamente diferentes, sem nem um único dia de descanso nos intervalos. Ainda estou completamente fora de fuso e tenho certeza de que isso vai prejudicar não apenas meu crescimento físico (não no departamento altura porque já sou alta o suficiente, obrigada, mas na divisão de glândulas mamárias, sendo as glândulas muito sensíveis a coisas como ciclos de sono interrompidos), mas também meu crescimento intelectual.

E agora que estou entrando no segundo semestre de meu ano como caloura, minhas notas vão realmente começar a ter importância. Não que eu tenha a intenção de ir para a faculdade, nem nada. Pelo menos não direto. Eu, como o príncipe William, quero tirar um ano de folga entre a escola e a faculdade. Mas espero passá-lo desenvolvendo algum tipo de dom ou talento, ou, se eu não conseguir encontrar nenhum, sendo voluntária do Greenpeace, de preferência num daqueles barcos que ficam no caminho entre os navios japoneses e russos e as baleias. Não acho que o Greenpeace aceite voluntários que não tenham pelo menos média 8,0.

Enfim, foi a morte levantar essa manhã, especialmente quando, depois que eu peguei meu uniforme de escola, me dei conta de que minhas calcinhas da rainha Amidala não estavam em minha gaveta de roupas de baixo. Eu tenho que usar minha roupa de baixo da rainha Amidala no primeiro dia de cada semestre, ou terei má sorte pelo resto do ano. Eu *sempre* tenho boa sorte quando uso minhas calcinhas da rainha Amidala. Por exemplo, eu as estava usando na noite do Baile Inominável de Inverno, quando Michael finalmente me disse que me amava.

Não que ele estava APAIXONADO por mim, claro. Mas que ele me amava. Espero que não como amigo.

Tenho que usar minhas calcinhas da rainha Amidala no primeiro dia do segundo semestre, e também terei que mandá-las para a lavanderia a peso e pegá-las limpas antes de sexta-feira para que possa usálas em meu encontro com Michael. Porque vou precisar de sorte extra nessa noite, se vou ter que competir com as Kates Bosworths do mundo pela atenção dele.... e também porque planejo dar a Michael o presente de aniversário dele nessa noite. O presente de aniversário do qual espero que ele vá gostar muito, e também que ele vá ficar totalmente apaixonado por mim, se é que já não está.

Então eu tenho que entrar no quarto de minha mãe, que ela divide com o sr. Gianini, e acordá-la (graças a Deus o sr. G estava no banho, eu juro por Deus que se tivesse que vê-los na cama juntos na condição em que eu estava naquela hora, eu teria ficado completamente Anne Heche) e ficar falando, "Mãe, onde é que está minha roupa de baixo da rainha Amidala?"

Minha mãe, que dorme feito um urso mesmo quando não está grávida, só respondeu "Shurnowog", o que não é nem mesmo uma palavra.

"Mãe", eu disse. "Preciso de minha roupa de baixo da rainha Amidala. Onde está?"

Mas tudo o que minha mãe disse foi "Capukin".

Aí então eu tive uma ideia. Não que eu realmente tenha pensado que haveria alguma possibilidade de minha mãe não me deixar sair com Michael, ainda mais depois daquela fala em defesa dele na noite passada. Mas só para ter certeza de que ela não poderia voltar atrás eu falei, "Mãe, posso ir ao cinema e jantar com Michael no Screening Room sexta à noite?"

E ela falou, rolando pela cama, "Tá, tá, escuniper".

Então esse assunto já estava resolvido.

Mas eu ainda tinha que ir para a escola com minha roupa de baixo normal, o que me deixou um pouco chateada, porque não há nada especial nela, só é chata e branca.

Mas aí eu meio que me recuperei quando entrei na limusine, por causa da perspectiva de ver Michael e tudo.

Mas aí eu fiquei toda assim, Oh, meu Deus, o que vai acontecer quando eu vir Michael? Porque quando você não vê seu namorado há 32 dias, você não pode simplesmente ficar toda "Oi, e aí" quando você o vir. Você tem que, tipo assim, dar um abraço nele ou *algo assim*.

Mas como eu ia abraçá-lo no carro? Com todo mundo olhando? Quer dizer, pelo menos eu não ia ter que me preocupar com meu padrasto, já que o sr. G se recusa totalmente a pegar a limusine para ir para a escola comigo, Lars, Lilly e Michael todas as manhãs, mesmo que estejamos todos indo para o mesmo lugar. Mas o sr. Gianini diz que gosta do metrô. Ele diz que é a única hora em que ele consegue escutar a música que ele gosta (mamãe e eu não vamos deixá-lo tocar Blood, Sweat and Tears no loft, então ele tem que escutar isso no discman).

Mas e Lilly? Quer dizer, Lilly ia estar lá com certeza. Como eu posso abraçar Michael na frente de Lilly? Tudo bem, em parte foi por causa de Lilly que Michael e eu ficamos pela primeira vez. Mas isso não significa que eu me sinta perfeitamente confortável participando de, você sabe, demonstrações públicas de afeto com ele *bem na frente dela*.

Se aqui fosse Genovia seria suficiente beijá-lo nas bochechas, porque esta é a forma normal de cumprimentar as pessoas lá.

Mas aqui estamos nos Estados Unidos da América, onde você mal consegue apertar a mão das pessoas, a menos que você seja, tipo assim, o prefeito.

Além do mais tinha toda a história de Jane Eyre. Quer dizer, Tina e eu tínhamos resolvido que não íamos correr atrás dos nossos namorados, mas não tínhamos falado nada sobre como cumprimentá-los de novo depois de não vê-los durante 32 dias.

Eu estava quase perguntando a Lars o que ele achava que eu devia fazer quando tive uma ideia genial bem na hora em que estávamos estacionando na frente do prédio dos Moscovitzes. Hans, o motorista, estava prestes a descer para abrir a porta para Lilly e Michael, mas eu falei, "Consegui", e depois *eu* desci.

E lá estava Michael, de pé na lama da neve derretida, parecendo todo grandão, bonito e másculo, o vento soprando seus cabelos negros. Só a visão dele fez meu coração chegar a mais ou menos mil batidas por minuto. Parecia que eu ia derreter...

Especialmente quando ele sorriu assim que me viu, um sorriso que subiu totalmente para dentro de seus olhos, que eram tão profundamente castanhos quanto eu me lembrava, e cheios da mesma inteligência e do bom humor que estavam lá da última vez em que eu havia olhado dentro deles, 32 dias atrás.

O que eu não podia dizer era se eles estavam ou não cheios de amor. Tina dissera que eu seria capaz, só de olhar dentro dos olhos dele, de saber se Michael me amava ou não. Mas a verdade era que tudo o que eu podia dizer olhando para os olhos dele era que Michael não me achava horrivelmente repulsiva. Se ele achasse, teria desviado os olhos, da maneira que faço quando vejo aquele garoto no restaurante da escola que sempre tira o milho de seu *chili*.

"Oi", eu disse, minha voz subitamente superesganiçada.

"Oi", Michael disse, a voz dele nem um pouco esganiçada, mas realmente muito profunda e excitante e parecendo a do Wolverine.

Aí então a gente ficou ali com os nossos olhares presos um no outro e nossa respiração saindo em pequenas baforadas de fumaça branca, e as pessoas passando apressadas pela Quinta Avenida na calçada em volta de nós, pessoas que eu mal vi. Eu mal consegui notar até mesmo Lilly falar "Oh, pelo amor de Pete" e marchar passando por mim para subir na limusine.

Aí Michael falou, "É realmente muito bom ver você".

E eu falei, "É realmente muito bom ver você, também".

De dentro da limusine, Lilly falou "Ei, está fazendo tipo dois graus do lado de fora, vocês dois podem se apressar e entrar aqui, já?"

E então eu falei, "Acho que é melhor a gente —"

E Michael falou, "É", e colocou a mão na porta da limusine para mantê-la aberta para mim. Mas quando eu comecei a entrar, ele colocou a outra mão em meu braço e quando me virei para ver o que ele queria (mesmo que eu meio que já soubesse) ele falou "Então você vai poder ir, na sexta à noite?".

E eu falei, "Hum, hum".

E aí ele meio que puxou meu braço de um jeito muito tipo sr. Rochester, fazendo com que eu desse um passo mais para perto e, mais rapidamente do que eu jamais o tinha visto se movimentar antes, ele se curvou e me beijou, bem na boca, na frente do porteiro dele e de todo o resto da Quinta Avenida!

Tenho que admitir, o porteiro de Michael e todas as pessoas que passavam, incluindo todo mundo no ônibus M1 que estava circulando pela rua naquele exato momento, não pareceram prestar muita atenção no fato de que a princesa de Genovia estava sendo beijada bem ali na frente deles.

Mas *eu* notei. *Eu* notei, e achei maravilhoso. Me fez sentir como se talvez todas as minhas preocupações sobre se Michael me amava como uma potencial parceira de vida ou apenas como amiga tivessem talvez sido algo estúpido.

Porque não se beija uma amiga assim.

Eu não acho.

Então aí deslizei para trás da limusine com Lilly, um grande sorriso bobo em meu rosto, e eu estava totalmente com medo de que ela pudesse me gozar, mas não pude evitar, eu estava tão feliz porque, apesar de não estar com minha roupa de baixo da rainha Amidala, já estava tendo um bom semestre, e ele não tinha começado nem há 15 minutos!

Aí Michael entrou ao meu lado e fechou a porta, e Hans começou a dirigir e Lars disse "Bom-dia" para Lilly e Michael e eles disseram bom-dia de volta e eu nem notei que Lars estava rindo por trás de seu café com leite, até que Lilly me contou quando saímos da limusine na escola.

"Como" ela disse, "se todos nós não soubéssemos o que vocês estavam fazendo lá fora."

Mas ela disse isso de uma maneira legal.

Eu estava tão feliz que mal consegui escutar o que Lilly estava falando no caminho para a escola, que era toda a história do filme. Ela disse que tinha mandado uma carta registrada para os produtores do filme da minha vida e não recebeu resposta, apesar de eles já terem recebido há mais de uma semana.

"Isso é", disse Lilly, "apenas outro exemplo de como esses tipos de Hollywood pensam que podem fazer qualquer coisa que quiserem. Bem, estou aqui para dizer a eles que não podem. Se eu não receber notícias deles até amanhã, vou para a imprensa."

Isso chamou minha atenção. Eu pisquei. "Você quer dizer que vai convocar uma entrevista coletiva?"

"Por que não?" Lilly deu de ombros. "Você fez isso, e até pouco tempo atrás você mal conseguia formular uma frase coerente na frente de uma câmera. Então isso não deve ser difícil."

Uau. Lilly está realmente com raiva dessa história do cinema. Acho que vou ter que ver o filme para ver o quanto isso é ruim. O resto da galera na escola não parece ter pensado muito sobre isso. Mas na época em que o filme foi lançado eles estavam todos em St. Moritz ou em suas casas de inverno em Ojai. Eles estavam muito ocupados esquiando ou se divertindo no sol para assistir a qualquer filme estúpido feito para a TV sobre a vida de uma de suas colegas.

Pela quantidade de gesso que as pessoas estão usando — Tina de longe não foi a única a quebrar alguma coisa nas férias —, todo mundo se divertiu muito mais em suas férias do que eu. Até Michael diz que ele passou a maior parte do tempo no condomínio de seus avós sentado na varanda e escrevendo músicas para sua nova banda.

Acho que sou a única que passou todas as férias sentada em sessões do parlamento, tentando negociar taxas de estacionamento para garagens de cassinos no centro de Genovia.

Mesmo assim, é bom estar de volta. É bom estar de volta porque pela primeira vez em toda a minha carreira acadêmica o cara de quem eu gosto realmente também gosta de mim — talvez até me ame. E eu posso vê-lo no intervalo entre as aulas e na aula de Superdotados e Talentosos do quinto tempo...

Oh, meu Deus! Eu esqueci totalmente! É um novo semestre! Eles estão montando novos horários para todos nós! Eles vão passá-los no fim da Sala de Estudos, depois dos pronunciamentos. E se Michael e eu não estivermos mais na mesma turma de Superdotados e Talentosos? Eu nem mesmo deveria estar em Superdotados e Talentosos, já que não sou nem um, nem outro. Eles apenas me colocaram lá quando ficou claro que eu ia levar pau em Álgebra, então eu ganhei um horário extra para estudar sozinha. Eu deveria estar em Educação Tecnológica naquele horário. EDUCAÇÃO TECNOLÓGICA! ONDE ELES FAZEM VOCÊ CONSTRUIR PRATELEIRAS PARA TEMPEROS!

O segundo semestre é Artes Domésticas. SE EU FOR COLO-CADA EM ARTES DOMÉSTICAS ESTE SEMESTRE EM VEZ DE SUPERDOTADOS E TALENTOSOS EU VOU MORRER!!!!!!!!!!!!

Porque eu acabei recebendo um B menos em álgebra, no último semestre. Eles não dão tempo extra para você estudar sozinha se está tendo B menos. B menos é considerado bom. Exceto, claro, para pessoas tipo Judith Gershner.

Oh, Deus, eu sabia. Eu simplesmente SABIA que alguma coisa ruim ia acontecer se eu não usasse minhas calcinhas da rainha Amidala.

Então, se eu não estiver em S e T, aí a única hora em que vou ver Michael será no almoço e entre as aulas. Porque ele é veterano, e eu sou apenas uma caloura, então eu não estarei em cálculo avançado com ele, nem ele estará em Francês II comigo. E eu posso até nem conseguir vê-lo no almoço! Nós podemos perfeitamente não ter os mesmos horários de almoço!

E mesmo que a gente tenha, o que garante que Michael e eu vamos realmente nos sentar juntos no almoço? Tradicionalmente eu sempre me sentei com Lilly e Tina, e Michael sempre se sentou com o Clube de Computação e garotos veteranos. Será que ele vai se sentar perto de mim agora? Sem chance de eu poder sentar na mesa *dele*. Todos aqueles caras lá sempre falam sobre coisas que não entendo, tipo como Steve Jobs é péssimo e o quanto é fácil invadir o sistema de defesa de mísseis da Índia....

Ai, meu Deus, eles estão passando os novos horários de aulas agora. Por favor, não deixe que eu esteja em Artes Domésticas. POR FA-VOR POR FAVOR POR FAVOR POR FAVOR POR FAVOR POR FAVOR POR FAVOR POR FAVOR POR FAVOR POR FAVOR POR

FAVOR POR FAVOR POR FAVOR POR FAVOR POR FAVOR POR
FAVOR POR FAVOR POR FAVOR POR FAVOR POR FAVOR POR
FAVOR POR FAVOR POR FAVOR POR FAVOR POR FAVOR POR
FAVOR POR FAVOR POR FAVOR POR FAVOR POR FAVOR POR
FAVOR POR FAVOR POR FAVOR POR FAVOR POR FAVOR POR
FAVOR POR FAVOR POR FAVOR POR FAVOR POR FAVOR POR
FAVOR POR FAVOR POR FAVOR POR FAVOR POR FAVOR POR
FAVOR POR FAVOR POR FAVOR POR FAVOR POR FAVOR POR
FAVOR POR FAVOR POR FAVOR POR FAVOR POR FAVOR POR
FAVOR POR FAVOR POR FAVOR POR FAVOR POR FAVOR POR
FAVOR POR FAVOR POR FAVOR POR FAVOR POR FAVOR POR
FAVOR POR FAVOR POR FAVOR POR FAVOR POR FAVOR POR
FAVOR POR FAVOR POR FAVOR POR FAVOR POR FAVOR POR
FAVOR POR FAVOR POR FAVOR POR FAVOR POR FAVOR POR
FAVOR POR FAVOR POR FAVOR POR FAVOR POR FAVOR POR
FAVOR POR FAVOR POR FAVOR POR FAVOR POR FAVOR POR
FAVOR POR FAVOR POR FAVOR POR FAVOR POR FAVOR POR
FAVOR POR FAVOR POR FAVOR POR FAVOR POR FAVOR POR
FAVOR POR FAVOR POR FAVOR POR FAVOR POR FAVOR POR
FAVOR POR FAVOR POR FAVOR POR FAVOR.

# Terça-feira, 20 de janeiro, Álgebra

HA! Posso ter perdido minha roupa da rainha Amidala, mas o poder da Força está comigo apesar de tudo. Meu horário de aulas é EXATAMENTE o mesmo do último semestre, a não ser que, por algum milagre, eu agora estou em Biologia no terceiro período, em vez de Civilizações Mundiais (Oh, Deus, por favor não deixe que Kenny, meu antigo parceiro de Biologia e ex-namorado, também tenha sido passado para o terceiro período de Bio). Civilizações Mundiais agora é no sétimo. E em vez de Educação Física no quarto período, todos teremos Saúde e Segurança.

E nada de Educação Tecnológica ou Artes Domésticas, graças a DEUS!!!!!!! Não sei quem disse à administração que sou superdotada e talentosa, mas quem quer que tenha sido, ficarei eternamente grata, e definitivamente vou tentar merecer isso.

E acabo de saber que não apenas Michael ainda está em S e T no quinto período, mas também tem a mesma hora de almoço que eu. Sei disso porque depois que cheguei aqui na aula de álgebra e me sentei e tirei meu caderno e meu livro de Álgebra I-II, Michael entrou!

É, ele veio bem aqui dentro da aula de calouros no segundo semestre do sr. G, como se fosse daqui, ou algo assim, e todo mundo ficou olhando para ele, incluindo Lana Weinberger, porque você sabe que veteranos não costumam simplesmente entrar em salas de calouros, a menos que estejam trabalhando para a secretaria e trazendo algum passe de corredor para alguém ou algo assim.

Mas Michael não trabalha para a secretaria. Ele apareceu na sala do sr. G só para *me* ver. Eu sei disso porque veio direto para a minha carteira com o horário de aulas na mão e falou, "Em que hora de almoço você está?", e eu disse, "A", e ele disse, "A mesma que eu. Você está em S e T depois?" e eu disse, "É", e ele, "Beleza, te vejo no almoço".

Aí ele se virou e saiu andando de novo, parecendo todo grande e universitário com sua mochila JanSport e os tênis New Balances.

E o jeito com que ele falou "E aí, sr. G", todo casual, para o sr. Gianini — que estava sentado na mesa dele com uma xícara de café nas mãos e as sobrancelhas levantadas — enquanto ele saía...

Bem, não dá para ser mais bacana do que isso.

E ele tinha entrado ali para me ver. A MIM. MIA THERMOPOLIS. Antigamente a pessoa mais impopular na escola inteira, com exceção daquele cara que não gosta de milho no *chili*.

Então agora todo mundo que não tinha visto Michael e eu nos beijando no Baile Inominável de Inverno sabe que a gente está namorando, porque você não entra na classe de outra pessoa no intervalo para conferir horários a não ser que esteja namorando.

Eu podia sentir todos os olhares de meus colegas sofredores de Álgebra dirigidos a mim até a hora do sinal tocar, incluindo o de Lana Weinberger. Dava praticamente para ouvir todo mundo falando "*Ele* está saindo com *ela*?"

130

Acho que *é* um pouco difícil de acreditar. Quer dizer, mesmo *eu* mal consigo acreditar que é verdade. Porque claro que é de conhecimento comum que Michael é o terceiro garoto mais bonito da escola inteira, depois de Josh Richter e Justin Baxendale (embora, se você me perguntar, tendo visto Michael um monte de vezes sem camisa, ele faz esses outros caras parecerem aquele sujeito Quasimodo), então o que ele está fazendo *comigo*, uma aberração sem talento, com pés do tamanho de esquis e sem seios para serem comentados e com narinas que inflam quando eu minto?

Além do mais, sou uma humilde caloura, e Michael é um veterano que já foi aceito por antecipação em uma escola da Ivy League bem aqui em Manhattan. Além do mais Michael é um dos oradores de sua turma e é um estudante totalmente A, enquanto eu mal consegui passar em Álgebra I. E Michael é meio que envolvido com atividades extracurriculares, incluindo o Clube de Computação, o Clube de Xadrez e o Clube de Ginástica. Ele desenhou o site da escola. Ele consegue tocar tipo uns dez instrumentos. E agora está começando sua própria banda.

Eu? Sou uma princesa. Isso é tudo.

E isso só *recentemente*. Antes de descobrir que era princesa, eu era apenas aquele lixo que estava repetindo em Álgebra e sempre teve pelo de gato cor de laranja espalhado por todo o seu uniforme escolar.

Então sim, acho que dá para dizer que um monte de gente ficou meio surpresa ao ver Michael Moscovitz vir direto para minha carteira na aula de Álgebra para comparar nossos horários. Eu pude sentir todos me encarando depois que ele saiu e a campainha tocou, e eu pude ouvi-los cochichando sobre isso entre eles. O sr. G tentou trazer todo mundo à ordem, falando "Certo, certo, o intervalo acabou. Sei que já faz muito tempo desde que vocês viram uns aos outros, mas temos muito para fazer nas próximas nove semanas", só que claro que ninguém prestou nenhuma atenção nele, além de mim.

Na carteira em frente à minha, Lana Weinberger já estava no telefone celular — o novo, que eu tinha pagado, por conta de ter pisado no velho até despedaçá-lo num surto semipsicótico no mês passado — falando "Shel? Você não vai *acreditar* no que acaba de acontecer. Sabe aquela garota horrorosa da sua classe de Latim, aquela que tem o programa de TV e o rosto largo? É, pois é, o irmão dela estava aqui agora mesmo comparando o horário com Mia Thermopo —"

Infelizmente para Lana, o sr. Gianini tem uma implicância com o uso de telefones celulares durante o horário da aula. Ele foi direto até ela, tomou o telefone, colocou-o em seu ouvido e disse "A senhorita Weinberger não pode falar com você agora porque ela está ocupada escrevendo uma redação de mil palavras sobre como é pouco educado fazer ligações do telefone celular durante o horário da aula", depois do que ele jogou o telefone dela na gaveta da mesa dele e disse a ela que o teria de volta no final do dia, assim que tivesse entregado o trabalho.

Mas eu queria mesmo é que o sr. G me desse o telefone de Lana. Eu certamente o usaria de uma forma mais responsável do que ela.

Mas acho que, mesmo quando o professor é seu padrasto, ele não pode simplesmente confiscar coisas de outros alunos e dá-las a você.

O que é péssimo, porque eu realmente poderia usar um celular exatamente agora. Eu simplesmente me lembrei de que não tinha perguntado a minha mãe o que Grandmère queria quando ligou na noite passada.

Oh, não. Números inteiros. Tenho que ir.


B = (x: x é um tal número inteiro que x > 0)


Defin.: quando um número inteiro é elevado ao quadrado, o resultado é chamado um quadrado perfeito.

# Terça-feira, 20 de janeiro,
# Saúde e Segurança

Isso é tão chato — MT

*Nem me fale. Quantas vezes em nossas carreiras acadêmicas eles vão dizer para a gente que fazer sexo sem proteção pode resultar em gravidez indesejada e AIDS? Eles acham que isso não é absorvido nas primeiras cinco mil vezes ou o quê? — LM.*

Parece que sim. Aí, você viu o sr. Wheeton abrir a porta da sala dos professores, olhar para Mademoiselle Klein e depois sair? Ele está tão obviamente apaixonado por ela.

*Eu sei, dá para ver totalmente, ele está sempre trazendo café com leite do Ho's para ela. O que é ISSO, se não amor? Wahim vai ficar arrasado se eles começarem a sair.*

É, mas por que ela escolheria o sr. Wheeton em vez de Wahim? Wahim tem todos aqueles músculos. Sem mencionar a arma.

*Quem pode explicar os caminhos do coração humano. Não eu. Oh, meu Deus, veja, ele está passando para segurança no trânsito. Será que isso pode SER mais chato? Vamos fazer uma lista. Você começa.*

OK.

## LISTA *NOVA E MELHORADA*
## DOS CARAS MAIS GATOS
## DE MIA THERMOPOLIS

*Com comentários de Lilly Moscovitz*

1. Michael Moscovitz. (*Obviamente não posso concordar devido à ligação genética com o citado indivíduo. Mas faço a concessão de que ele não é horrivelmente deformado.*)

2. Ioan Griffud da série *Horatio Hornblower*. (*Concordo. Ele pode cortar lenha lá em casa sempre que quiser.*)

3. O cara de *Smallville* (*Dã — só que eles deviam fazê-lo entrar para o time de natação da escola porque precisa tirar a camisa mais vezes por episódio.*)

4. Hayden Christensen. (*De novo, dã — Mesma equipe de natação. Devia haver uma para Jedis. Até para aqueles que aderiram ao Lado Negro.*)

5. Sr. Rochester. (*Personagem ficcional, mas concordo que ele exala uma certa masculinidade rude.*)

6. Patrick Swayze. (*Hum, tudo bem, talvez em* Dirty Dancing, *mas você o viu ultimamente? O cara é mais velho que seu pai!*)

7. O capitão Von Trapp de *A noviça rebelde*. (*Christopher Plummer era um gato extraordinário. Eu o esconderia das tropas nazistas a qualquer momento.*)

8. Justin Baxendale. (*Concordo. Ouvi dizer que uma aluna do penúltimo ano tentou se matar porque ele olhou para ela. Sério. Tipo assim, os olhos dele eram tão hipnóticos que ela ficou totalmente Sylvia Plath. Ela está fazendo análise agora.*)

9. Heath Ledger. (*Oooh, no filme do cavaleiro rock'n'roll, total. Mas não muito em* Honra e Coragem. *Achei a performance dele naquele filme meio artificial. Além do mais ele não tira a camisa muitas vezes.*)

10. A fera de *A bela e a fera*. (*Acho que conheço mais alguém que precisa fazer análise.*)

# Terça-feira, 20 de janeiro, Superdotados e Talentosos

Estou tão deprimida.

Sei que não devia estar. Quer dizer, tudo em minha vida está indo tão maravilhosamente bem.

Coisa Maravilhosa Número Um: O cara por quem eu fui apaixonada a vida inteira, de fato, me ama — ou pelo menos realmente gosta de mim também, e nós vamos sair juntos em nosso primeiro encontro de verdade na sexta-feira.

Coisa Maravilhosa Número Dois: Sei que é só o primeiro dia do novo semestre, mas mesmo assim não estou levando pau em nada, inclusive Álgebra.

Coisa Maravilhosa Número Três: não estou mais em Genovia, o lugar mais chato de todo o planeta, com a possível exceção da aula de Álgebra e das aulas de princesa de Grandmère.

Coisa Maravilhosa Número Quatro: Kenny não é mais meu parceiro em biologia. Minha nova parceira é Shameeka. Que alívio. Sei que é covardia (sentir alívio por não ter que me sentar mais perto de Kenny), mas tenho muita certeza de que Kenny pensa que eu sou uma pessoa horrível por ter ficado com ele daquele jeito, todos aqueles meses, quando na verdade eu gostava de outra pessoa (embora não da pessoa que ele achou que eu gostasse). Enfim, o fato de eu não ter que lidar com nenhum olhar hostil vindo de Kenny (mesmo que ele já esteja total com uma namorada nova, uma garota da nossa sala de Bio, por sinal — *ele* não perdeu nenhum tempo) vai provavelmente e realmente aumentar minhas notas naquela aula. Além do mais, Shameeka é muito boa em ciências. Na verdade Shameeka é muito boa em muitas coisas, por conta de ser de Peixes. Mas, como eu, Shameeka não tem *nenhum talento especial*, o que a torna minha irmã de alma, se você pensar no assunto.

Coisa Maravilhosa Número Cinco: Eu tenho amigos realmente bacanas que parecem de verdade querer ficar comigo por aí, e não só porque eu sou uma princesa, também.

Mas este, veja, é o problema. Eu tenho todas essas coisas maravilhosas acontecendo comigo e devia estar totalmente feliz. Eu devia estar indo até a lua de alegria.

E talvez seja apenas a troca de fuso horário se manifestando — estou tão cansada que mal posso manter meus olhos abertos — ou talvez seja TPM — tenho certeza de que meu relógio interno está meio bagunçado por causa de todos esses voos transcontinentais — mas eu não consigo eliminar essa sensação de que eu sou...

Bem, um lixo total.

Comecei a me dar conta disso hoje na hora do almoço. Eu estava sentada lá como sempre, com Lilly e Boris e Tina e Shameeka e Ling Su, e aí Michael veio e se sentou com a gente, o que claro causou toda aquela sensação no restaurante, já que normalmente ele se senta com o Clube de Computação, e todo mundo na escola inteira sabe disso.

E eu fiquei totalmente envergonhada, mas claro que fiquei orgulhosa e feliz também, porque Michael *nunca* se sentou a nossa mesa antes quando nós dois éramos apenas amigos, então esse ato de se sentar lá *deve* significar que ele está pelo menos levemente apaixonado por mim, porque é um sacrifício e tanto desistir da conversa intelectual da mesa onde ele normalmente se senta em troca do tipo de conversa que temos em minha mesa, que são geralmente, tipo assim, análises profundas sobre o último episódio noturno de *Charmed* e como a frente única de Rose McGowan estava bonitinha, ou o que seja.

Mas Michael ficou totalmente numa boa com aquilo, mesmo que ele ache *Charmed* superficial. E eu realmente tentei manter a conversa em torno de coisas que um cara gosta, tipo *Buffy a Caçadora de Vampiros* ou Milla Jovovich.

Só que acabou que eu nem precisei fazer isso, porque Michael é como um daqueles bichinhos de líquen sobre os quais a gente aprende em Bio. Sabe, aqueles que ficaram pretinhos quando o musgo dos quais eles se alimentavam ficou todo preto durante a revolução industrial? Ele consegue se adaptar totalmente a qualquer situação e se sentir bem. Esse é um talento incrível que eu gostaria de ter. Talvez, se eu o tivesse, não me sentiria tão deslocada nas reuniões da Associação dos Plantadores de Oliveiras Genovianos.

Enfim, hoje na mesa do almoço alguém começou a falar de clonagem, e todo mundo estava falando sobre quem você clonaria se pudesse clonar alguém, e as pessoas estavam dizendo tipo Albert

Einstein, para que ele pudesse voltar e contar-nos o significado da vida e essas coisas, ou Jonas Salk, para que ele pudesse descobrir uma cura para o câncer, e Mozart, para ele poder terminar seu último réquiem (tudo bem, essa foi de Boris, claro), ou Madame Pompadour, para que ela pudesse nos dar dicas sobre romances (Tina), ou Jane Austen para que ela pudesse escrever de maneira fulminante sobre a atual política climática e nós pudéssemos todos nos beneficiar de sua inteligência afiada (Lilly).

E aí Michael disse que ele clonaria Kurt Cobain, porque ele era um gênio da música que morreu muito jovem. E aí ele me perguntou quem *eu* clonaria, e eu não consegui pensar em ninguém, porque realmente não há ninguém morto que eu quisesse trazer de volta, exceto talvez Grandpère, mas isso seria muito esquisito. E Grandmère provavelmente ia pirar. Então eu disse apenas Fat Louie, porque eu amo Fat Louie e não ia me importar de ter dois dele perto de mim.

Só que ninguém pareceu muito impressionado com isso, exceto Michael, que disse "que legal", o que ele provavelmente só disse porque é meu namorado.

Mas enfim, eu consegui encarar isso. Estou totalmente acostumada a ser a única pessoa que conheço que se senta para ver *Sexo, rock e confusão* toda vez que passa na TBS e que pensa que esse é um dos melhores filmes jamais feitos — depois de *Guerra nas estrelas* e *Dirty Dancing* e *Digam o que quiserem* e *Uma linda mulher*, claro. Ah, e *O ataque dos vermes malditos* e *Twister.*

Fico contente de assumir que assisto ao Miss America Pageant todo ano sem guardar segredo, mesmo que eu saiba que é degradante para a mulher e *não é* um fundo para bolsas de estudos, considerando que ninguém que vista mais do que tamanho 38 jamais entra lá.

Quer dizer, sei essas coisas sobre mim. É só o meu jeito de ser, e embora eu tenha tentado melhorar assistindo a filmes premiados como *O tigre e o dragão* e *Gladiador*, não sei, mas não gosto deles. Todo mundo morre no final e além do mais, se não há dança ou explosões, acho muito difícil prestar atenção.

Então tudo bem, estou tentando aceitar essas coisas sobre mim mesma. É apenas o meu jeito de ser. Tipo assim, sou boa na aula de inglês e não tão boa em álgebra. Enfim.

Mas foi quando entramos na Superdotados e Talentosos hoje, depois do almoço, e Lilly começou a trabalhar no roteiro do episódio desta semana de seu programa de TV a cabo, *Lilly Tells It Like It Is*, e Boris pegou seu violino e começou a tocar um concerto (infelizmente, não no armário do almoxarifado, porque eles ainda não colocaram a porta lá de volta) e Michael colocou seus fones de ouvido e começou a trabalhar em uma nova música para sua banda, que finalmente me bateu:

Não há nem uma coisa na qual eu seja particularmente boa. Na verdade, não fosse pelo fato de eu ser uma princesa, eu seria a pessoa mais normal do mundo. Não é só porque eu não consigo surfar ou trançar uma pulseira da amizade. Eu não consigo fazer *nada*.

Quer dizer, todos os meus amigos têm essas coisas incríveis que eles fazem: Lilly sabe tudo o que há para se saber e não tem a menor vergonha de dizer isso em frente a uma câmera. Michael não apenas toca violão e mais ou menos outros 50 instrumentos, incluindo piano e bateria, mas também consegue criar programas inteiros de computador. Boris toca seu violino nos concertos de lotação esgotada do Carnegie Hall desde que ele tinha tipo onze anos, ou algo assim. Tina Hakim Baba consegue ler tipo um livro por dia e lembrar o que leu e repetir quase que literalmente, e Ling Su é um artista extremamente talentoso. A única pessoa em nossa mesa de almoço além de mim que não tem nenhum talento especial discernível é Shameeka, e isso me fez me sentir melhor por mais ou menos um minuto, antes de lembrar que Shameeka é totalmente inteligente e bonita e tira A direto e as pessoas que trabalham em agências de modelos estão sempre chegando para ela, tipo na Bloomingdale's, quando ela está fazendo compras com a mãe, e pedindo a ela para deixá-los representá-la (apesar de o pai de Shameeka dizer que só por cima de seu cadáver uma filha sua vai ser modelo).

Mas eu? Não sei nem mesmo por que Michael gosta de mim, sou tão sem talento e chata. Quer dizer, acho que é uma coisa boa que meu destino como monarca de uma nação esteja selado, porque se eu tivesse de me candidatar a um emprego em algum lugar, eu totalmente não conseguiria, porque não sou boa em nada.

Então aqui estou eu, sentada na aula de Superdotados e Talentosos, e realmente não tem nada que mude este fato básico:

Eu, Mia Thermopolis, não sou nem superdotada nem talentosa.

O QUE ESTOU FAZENDO AQUI DENTRO???????? NÃO PERTENÇO A ESTE LUGAR!!!!! DEVIA ESTAR EM EDUCAÇÃO TECNOLÓGICA!!! OU ARTES DOMÉSTICAS!!!!! EU DEVIA ESTAR FAZENDO UMA CASA DE PASSARINHOS OU UMA TORTA!!!!

Bem na hora em que eu estava escrevendo isso, Lilly se inclinou para mim e falou, "Oh, meu Deus, o que há de *errado* com você? Você parece que simplesmente acabou de engolir uma meia", que é o que dizemos sempre que alguém parece superdeprimido, porque é assim que Fat Louie sempre fica quando come acidentalmente uma das minhas meias e tem de ir ao veterinário para removê-la cirurgicamente.

Felizmente Michael não ouviu o que ela disse, por estar com seus fones de ouvido. Eu nunca seria capaz de confessar na frente dele o que confessei ali para a irmã dele, que é o fato de que eu sou uma enorme falsificação sem talento, porque aí ele saberia que não sou nada parecida com Kate Bosworth e ia me dar um fora.

"E eles só me colocaram nessa turma no início porque eu estava levando pau em Álgebra", eu disse.

Aí Lilly disse a coisa mais surpreendente. Sem piscar os olhos, ela disse: "Você tem um talento".

Eu a encarei, meus olhos arregalados e, temo, cheios de lágrimas. "Ah, é? O quê?" eu estava realmente assustada com o fato de que ia começar a chorar. Realmente devia ser TPM ou algo assim, porque eu estava praticamente pronta para começar a cair em lágrimas.

Mas para meu desapontamento tudo o que Lilly disse foi, "Bem, se você não consegue descobrir, não sou eu que vou contar a você". Quando eu protestei, ela falou: "Parte da jornada para se alcançar a autorrealização é que você tem de alcançá-la por conta própria, sem ajuda ou orientação de outros. Caso contrário, você não vai sentir a sensação de conquista afiada. Mas está bem na sua frente, olhando para você."

Eu olhei em torno, mas não consegui descobrir do que ela estava falando. Não havia nada me olhando bem na minha frente que eu pudesse ver. Ninguém estava olhando para mim, mesmo. Boris estava ocupado escovando seu arco e Michael estava dedilhando seu teclado furiosamente (e silenciosamente), mas isso era tudo. Todo mundo estava debruçado sobre seus livros Kaplan de revisão ou rabiscando distraidamente ou fazendo esculturas de Vaselina ou o que seja.

Ainda não faço ideia do que Lilly estava falando. Não há nada em que eu seja talentosa — exceto talvez distinguir um talher de peixe de um talher normal.

Não consigo acreditar que tudo o que pensei que precisava para alcançar a autorrealização era o amor do homem para quem eu havia entregue meu coração. Saber que Michael me ama — ou pelo menos realmente gosta de mim — só torna isso tudo pior. Porque seu talento incrível torna o fato de que eu não sou boa em nada ainda mais óbvio.

Queria poder ir à enfermaria e tirar um cochilo. Mas eles não deixam você fazer isso a não ser que esteja com febre, e tenho certeza de que tudo o que tenho é cansaço por causa do fuso horário.

Eu sabia que ia ser um dia ruim. Se eu tivesse colocado minhas calcinhas da rainha Amidala eu nunca teria ficado face a face com a verdade sobre mim mesma.

# Terça-feira, 20 de janeiro, Civ Mundiais

| Inventor | Invenção | Benefícios para a Sociedade | Custo para a Sociedade |
|---|---|---|---|
| Samuel F. B. Morse | Telégrafo | Maior facilidade de comunicação | Visão interrompida (cabos) |
| Thos. A. Edison | Luz elétrica | Facilidade para acender luzes; menos caras do que velas | A sociedade não acreditou neles; não tiveram sucesso a princípio |
| Ben Franklin | Para-raios | Menos chance de a casa ser destruída | Horrível |
| Eli Whitney | Descaroçador | Menos trabalho | Menos emprego de algodão |
| A. Graham Bell | Telefone | Comunicação mais fácil | Visão interrompida (cabos) |
| Elias Howe | Máquina de costura | Menos trabalho | Menos emprego |
| Chris. Sholes | Máquina de escrever | Trabalho mais fácil | Menos emprego |
| Henry Ford | Automóvel | Transporte mais rápido | Poluição |

Eu nunca vou inventar nada, nem para benefício nem para custo de qualquer sociedade, porque sou um lixo sem talento. Eu nem mesmo consegui fazer com que o país que vou governar um dia instale PARQUÍMETROS!!!!!!!!!!

DEVER DE CASA

Álgebra: probls. no início do capítulo 11 (sem sessão de revisão, o sr. G tem reuniões — também, acabou de começar o semestre, então nada ainda para rever. Também, não vou mais tomar pau!!!!!!)
Inglês: atualizar diário (Como Passei Minhas Férias de Inverno — 500 palavras)
Bio: ler capítulo 13
Saúde e Segurança: ler capítulo 1, Você e seu Meio
S & T: descobrir talento oculto
Francês: Chapitre Dix
Civ. Mundiais: Capítulo 13: Admirável Mundo Novo

Terça feira, 20 de janeiro, na limusine
a caminho de Grandmère para
aula de princesa

**COISAS A FAZER**

1. Encontrar a roupa de baixo da rainha Amidala
2. Parar de ficar obcecada se Michael ama você ou não *versus* estar apaixonado por você. Ficar feliz com o que você tem. Lembre-se, muitas garotas não têm nem namorado. Ou têm uns realmente grossos e sem os dentes da frente, tipo em Maury Povich.
3. Ligar para Tina para comparar anotações sobre como está funcionando a história de não-correr-atrás-dos-garotos.
4. Fazer todo o dever de casa. Não ficar para trás no primeiro dia!!!!!!
5. Embrulhar o presente de Michael.
6. Descobrir o que Grandmère falou com mamãe na noite passada. Oh, Deus, por favor não deixe ser algo estranho tipo querer que eu faça tiro ao alvo. Não quero atirar em nenhum alvo. Nem em qualquer outra coisa, por sinal.
7. Parar de roer as unhas.
8. Comprar areia de gato.

9. Descobrir talento oculto. Se Lilly sabe, deve ser muito óbvio, já que ela ainda não descobriu ainda a história das narinas.

10. DORMIR UM POUCO!!!!!!!!! Garotos não gostam de garotas que têm enormes bolsas escuras sob os olhos, ao contrário de Kate Bosworth. Nem garotos perfeitos como Michael.

# Terça-feira, 20 de janeiro, ainda na limusine a caminho de Grandmère para aula de princesa

Rascunho para o Diário de Inglês:

## Como Passei Minhas Férias de Inverno

Passei minhas férias de inverno em Genovia, população 50.000. Genovia é um principado localizado na Côte d'Azur, entre a Itália e a França. A principal exportação de Genovia é o azeite de oliva. Sua principal importação são turistas. Recentemente, entretanto, Genovia começou a sofrer de consideráveis danos a sua infraestrutura devido ao tráfego de pedestres vindos dos muitos navios de cruzeiro que aportam em seu porto e

## Quarta-feira, 21 de janeiro, Sala de estudos

Ai, meu Deus. Eu devia estar ainda mais cansada do que achei, ontem. Parece que adormeci na limusine a caminho de Grandmère e Lars não conseguiu me acordar para minha aula de princesa! Ele diz que, quando ele tentou, eu bati nele para ele se afastar e chamei-o de um palavrão em francês (o que é culpa de François, não minha).

Então ele fez Hans dar meia volta e me levar para o loft, aí Lars me carregou três lances de escadas até meu quarto (o que não é pouco peso, eu peso mais ou menos cinco Fat Louies) e minha mãe me colocou na cama.

Não acordei para jantar nem nada. Dormi até as sete da manhã! Isso são quinze horas, direto.

Uau. Eu devia estar morta por causa de toda a excitação de estar de volta para casa e ver Michael, ou algo assim.

Ou talvez eu realmente tenha sofrido com a diferença de fuso horário, e toda aquela coisa de eu-sou-uma-pessoa-inferior-e-sem-talento de ontem não estava baseada em minha baixa autoestima, mas era devida a um desequilíbrio químico de falta de sono. Sabe que dizem que as pessoas que são privadas do sono começam a sofrer de alucinações depois de um tempo. Houve um DJ que ficou acordado onze dias direto, o período mais longo registrado que qualquer pessoa tenha conseguido ficar sem dormir, e ele começou a tocar só Phil Collins o tempo todo, e foi assim que souberam que era hora de chamar a ambulância.

Acontece que, mesmo depois de quinze horas de sono, eu ainda me acho tipo assim um tanto inferior e sem talento. Mas pelo menos hoje eu não sinto como se isso fosse uma grande tragédia. Acho que dormir por quinze horas direto me deu alguma perspectiva. Quer dizer, nem todo mundo pode ser supergênio como Lilly e Michael. Bem como nem todo mundo pode ser um virtuose do violino como Boris. Eu tenho que ser boa em *alguma coisa*. Só preciso descobrir o que é essa coisa. Perguntei ao sr. G hoje no café da manhã em que ele acha que eu sou boa, e ele disse que acha que eu faço algumas combinações interessantes com moda, às vezes.

Mas isso não deve ser o que Lilly estava falando, já que eu estava usando meu uniforme escolar na hora em que ela mencionou meu talento misterioso, o que quase não deixa espaço para expressão criativa.

A opinião do sr. G me lembrou que eu ainda não tinha encontrado minha roupa de baixo da rainha Amidala. Mas eu não ia perguntar ao meu padrasto se ele tinha visto. ARGH! Tento não olhar para as roupas de baixo do sr. Gianini quando elas chegam todas dobradas da lavanderia a peso, e graças a Deus ele estende a mesma cortesia para mim.

E eu não podia perguntar a minha mãe, porque mais uma vez ela estava morta para o mundo esta manhã. Acho que mulheres grávidas precisam de tanto sono quanto adolescentes e DJs.

Mas, sério, seria melhor que eu as encontrasse antes de sexta-feira, ou meu primeiro encontro com Michael será um enorme desastre, eu simplesmente tenho certeza disso. Tipo ele provavelmente vai abrir seu presente e ficar todo, "Uh... é a intenção que importa."

Eu provavelmente devia ter simplesmente seguido as regras da sra. Hakim Baba e comprado um suéter para ele.

Mas Michael não faz o menor tipo suéter! Eu me dei conta disso quando paramos em frente ao prédio dele hoje. Ele estava de pé lá, parecendo todo grande e másculo, tipo o Heath Ledger... só que ele tem cabelos negros, não louros.

E o cachecol dele estava meio que flutuando ao vento, e eu pude ver parte da garganta dele, sabe, bem embaixo do pomo de adão e logo acima de onde se abre o colarinho da camisa, a parte que Lars uma vez me disse que, se você bater em alguém ali com força suficiente, pode paralisar essa pessoa. A garganta de Michael estava tão bonita, tão lisa e côncava, que tudo em que eu pude pensar foi no sr. Rochester em Mesrour, seu cavalo, refletindo sobre seu grande amor por Jane....

E eu sabia, eu simplesmente sabia, que eu estava certa de não ter comprado um suéter para Michael. Quer dizer, Kate Bosworth nunca teria dado um *suéter* àquele namorado zagueiro dela. Eca.

Enfim, aí Michael me viu e sorriu e ele não parecia mais com o sr. Rochester, porque o sr. Rochester nunca sorria.

Ele só parecia com Michael. E meu coração se revirou em meu peito como sempre acontece quando o vejo.

"Tudo bem com você?", ele quis saber, assim que entrou na limusine. Seus olhos, tão castanhos que são quase negros como os pântanos que o sr. Rochester estava sempre contornando lá fora no campo, porque se você pisar num pântano você pode afundar até a cabeça e nunca mais ser encontrado... o que de certa forma é meio o que acontece toda vez que eu olho dentro dos olhos de Michael: eu caio e caio e tenho certeza de que nunca serei capaz de sair deles novamente, mas tudo bem, porque eu adoro estar lá — e ele está olhando profundamente dentro dos meus. Meus olhos são apenas cinzas, a cor das calçadas de Nova York. Ou de um parquímetro.

"Liguei para você ontem à noite" Michael disse, enquanto sua irmã o empurrava no banco para que ela pudesse entrar na limusine também. "Mas sua mãe disse que você tinha desmaiado —"

"Eu estava muito, muito cansada", eu disse, deliciada pelo fato de que ele parecia ter ficado preocupado comigo. "Eu dormi quinze horas direto".

"Aí", disse Lilly. Ela claramente não estava interessada nos detalhes de meu ciclo de sono. "Eu recebi notícias dos produtores do seu filme."

Eu fiquei surpresa. "Verdade? O que eles disseram?"

"Eles me convidaram para tomar um café da manhã com eles", Lilly disse, tentando fingir que não estava querendo fazer alarde. Só que ela não estava fingindo muito bem. Dava totalmente para ouvir o orgulho em sua voz. "Sexta-feira de manhã. Então não vou precisar atacar."

"Uau", eu disse, impressionada. "Uma reunião no café da manhã? Verdade? Eles vão servir bagels?"

"Provavelmente", disse Lilly.

Eu fiquei impressionada. Nunca tinha sido convidada para uma reunião no café da manhã com produtores antes. Só com o embaixador da Espanha em Genovia.

Perguntei a Lilly se ela tinha feito uma lista de exigências para os produtores e ela disse que tinha, mas que não ia me contar quais eram.

Acho que vou ter que assistir a esse filme, e ver o que está fazendo ela ficar tão brava. Minha mãe gravou o filme. Ela disse que foi uma das coisas mais engraçadas que já viu.

Mas não tem nada a ver, porque minha mãe ri durante o *Dirty Dancing* inteiro, mesmo nas partes que não devem ser consideradas engraçadas, então não sei se ela é o melhor juiz.

Ai, ai. Uma das animadoras de torcida (infelizmente, não Lana) distendeu seu tendão de aquiles fazendo pilates além do limite, então simplesmente anunciaram que estão aceitando inscrições para substituição, já que as substitutas do time foram transferidas para uma escola de meninas em Massachusetts porque andaram exagerando numa festa enquanto seus pais estavam na Martinica.

Eu sinceramente espero que Lilly esteja muito ocupada protestando contra o filme da minha vida para protestar contra a seleção das novas animadoras de torcida. No último semestre ela me fez sair por aí com uma grande placa que dizia ANIMAR TORCIDAS É MACHISTA E NÃO É ESPORTE, o que eu nem mesmo tenho certeza se é tecnicamente verdade, já que existem campeonatos de animadoras de torcida na ESPN. Mas é fato que não há animadoras de torcida para esportes femininos na nossa escola. Tipo Lana e sua turma nunca aparecem para torcer para o time de basquete feminino ou o time de vôlei feminino, mas elas nunca perdem um jogo de meninos. Então talvez a parte de ser machista seja verdade.

Ai, Deus, um cara esquisito acaba de entrar com um passe de corredor. Um passe de corredor para mim! Estou sendo chamada à diretoria! E eu nem fiz nada! Bem, não desta vez, de qualquer forma.

# Quarta-feira, 21 de janeiro, Sala da diretora Gupta

Não estou acreditando que é só o segundo dia do segundo semestre e já estou eu sentada aqui na sala da diretora. Posso não ter terminado meu dever de casa, mas certamente tenho um bilhete de meu padrasto. A primeira coisa que fiz foi levá-lo até a secretaria. Ele diz assim:

*Por favor, desculpem Mia por não ter terminado seu dever de casa para a terça-feira, 20 de janeiro. Ela ficou perturbada com o fuso horário e foi incapaz de cumprir suas responsabilidades acadêmicas na noite passada. Ela vai, claro, terminar o trabalho esta noite.*

*— Frank Gianini*

É meio ruim quando seu padrasto também é seu professor.

Mas por que a diretora Gupta iria se objetar a isso? Quer dizer, estou percebendo que é apenas o segundo dia do segundo semestre e eu já me ferrei. Mas não estou *tão* ferrada assim.

E eu nem vi Lana hoje ainda, então também não fiz nada a ela ou a seus pertences.

AI, MEU DEUS. Acaba de me ocorrer. E se eles perceberam que cometeram um erro me colocando de novo em Superdotados e Talentosos? Quer dizer, porque eu não tenho dotes nem talentos? E se eu só fui colocada lá no início por causa de alguma pane no computador e agora eles corrigiram isso e eles vão me colocar em Educação Tecnológica ou Artes Domésticas, onde eu devia estar? Vou ter que fazer uma prateleira para temperos!!! Ou pior, uma omelete à moda do oeste!!!

E nunca mais vou ver Michael! Tudo bem, vou vê-lo a caminho da escola e durante o almoço e depois da escola e nos fins de semana e feriados, mas só isso. Tirar-me da sala de Superdotados e Talentosos é me privar de cinco horas inteiras com Michael por semana! E é verdade que durante a aula a gente não se fala tanto assim, porque Michael realmente é superdotado e talentoso, ao contrário de mim, e precisa usar aquele tempo de aula para desenvolver suas habilidades musicais em vez de me dar aulas, que é o que ele geralmente acaba fazendo graças a minha inutilidade em álgebra.

Mas ainda assim, pelo menos a gente *fica junto*.

Ai, Deus, isso é horrível! Se realmente se revelar que eu tenho um talento — o que eu duvido — POR QUE Lilly simplesmente não me conta o que é? Aí eu poderia jogar na cara da diretora Gupta quando ela tentar me deportar para Educação Tecnológica.

Espera aí... de quem é essa voz? Essa que está saindo da sala da diretora Gupta? Parece meio familiar. Parece meio tipo....

# Quarta-feira, 21 de janeiro, limusine de Grandmère

Não acredito que Grandmére fez isso. Quer dizer, que tipo de pessoa FAZ isso? Simplesmente arrancar uma adolescente da escola assim?

Ela é que devia ser a adulta. Ela é que devia me dar um bom exemplo.

E o que ela faz, em vez disso?

Bem, primeiro ela conta uma grande e enorme MENTIRA, e *depois* ela me retira do espaço escolar sob falsos argumentos.

Estou dizendo a você, se minha mãe ou meu pai descobrirem isso, Clarisse Renaldo será uma mulher morta.

Sem contar que ela quase praticamente me fez ter um ataque do coração, sabe. Ainda bem que meu colesterol e tudo o mais está tão baixo, graças a minha dieta vegetariana, senão eu podia ter sofrido um sério infarte cardíaco, porque ela me assustou tanto saindo da sala da diretora Gupta daquele jeito e falando: "Bem, sim, nós estamos, claro, rezando para que ele se recupere rápido, mas você sabe como essas coisas podem ser —"

Eu senti todo o sangue fugir de meu rosto quando a vi. Não apenas porque, sabe, era Grandmère falando com a diretora Gupta entre todas as pessoas, mas por causa do que ela estava dizendo.

Eu me levantei rápido, meu coração batendo tão forte, que achei que podia sair voando direto do meu peito.

"Que foi?" eu perguntei, totalmente em pânico. "É meu pai? O câncer voltou? É isso? Você pode me dizer, eu aguento."

Eu tinha certeza, pelo jeito com que Grandmère estava falando com a diretora Gupta, que o câncer de próstata de meu pai tinha voltado e que ele ia ter que entrar em tratamento de novo —

"Eu conto a você no carro", disse Grandmère para mim, com rigor. "Venha."

"Não, de verdade", eu disse, na cola dela, com Lars na minha cola. "Você pode me dizer agora. Eu posso encarar, eu juro que posso. Papai está bem?"

"Não se preocupe com seu dever de casa, Mia", disse a diretora Gupta enquanto saíamos de seu escritório. "Você apenas se concentre em estar ao lado de seu pai."

Então era verdade! Papai *estava* doente!

"É o câncer de novo?", eu perguntei a Grandmère enquanto saíamos da escola e nos dirigíamos à limusine dela, que estava estacionada em frente ao leão de pedra que guarda a entrada da Escola Albert Einstein. "Os médicos acham que tem tratamento? Será que ele precisa de um transplante de medula? Porque, sabe, nós provavelmente combinamos, porque eu tenho o mesmo cabelo dele. Pelo menos o que o cabelo dele deve ter sido, quando ele ainda tinha algum."

Só quando estávamos a salvo dentro da limusine foi que Grandmère me lançou um olhar muito desgostoso e disse: "Realmente, Amelia. Não há nada errado com seu pai. Há, entretanto, algo errado com essa sua escola. Imagine, não deixar seus alunos terem nenhum tipo de ausência a não ser em caso de doença. Ridículo! Às vezes, sabe, as pessoas precisam tirar um dia. Um dia de folga, acho que chamam assim. Bem, hoje, Amelia, é seu dia de folga."

Eu pisquei para ela de meu lado da limusine. Não estava conseguindo acreditar no que estava escutando.

"Espera aí", eu disse. "Você está querendo dizer... papai não está doente?"

"*Pfuit!*", Grandmère disse, suas sobrancelhas desenhadas a lápis se levantando. "Ele certamente pareceu bastante saudável quando falei com ele hoje de manhã."

"Então o que —", eu a encarei. "Por que você disse à diretora Gupta —"

"Porque de outra forma ela não teria deixado você sair da aula", Grandmère disse, olhando para seu relógio de ouro e diamantes. "E estamos atrasadas, de fato. Realmente, não há nada pior do que um educador cuidadoso demais. Eles acham que estão ajudando quando na verdade, sabe, há muitas maneiras diferentes de aprendizado. Nem todas elas acontecem numa sala de aula."

A ficha estava começando a cair. Grandmère não tinha me tirado da escola no meio do dia porque alguém em minha família estava doente. Não, Grandmère tinha me tirado da escola porque queria me ensinar alguma coisa.

"Grandmère", eu gritei, totalmente incapaz de acreditar no que estava ouvindo. "Você não pode simplesmente chegar e me arrancar da escola na hora que quiser. E você certamente não pode dizer à diretora Gupta que meu pai está doente quando ele não está! Como você foi *capaz* de dizer algo assim? Você não sabe nada sobre profecias autorrealizáveis? Quer dizer, se você sai por aí mentindo sobre coisas assim o tempo todo, elas podem realmente acabar virando verdade —"

"Não seja ridícula, Amelia", Grandmère disse. "Seu pai não vai ter que voltar ao hospital só porque eu contei uma mentirinha a uma administradora acadêmica."

"Não sei como você pode ter tanta certeza disso", eu disse, enfurecida. "E além do mais, onde você acha que está me levando? Não posso simplesmente sair da escola no meio do dia, sabe, Grandmère. Quer dizer, não sou tão inteligente quanto a maior parte das outras pessoas na minha turma, e tenho um monte de coisas para fazer, graças ao fato de que fui para a cama muito cedo na noite passada —"

"Oh, eu *sinto muito*", Grandmère disse, muito sarcasticamente. "Eu sei o quanto você gosta da sua aula de Álgebra. Tenho certeza de que é uma grande privação para você, perdê-la hoje...."

Eu não consegui negar que ela estava certa. Pelo menos em parte. Se eu não estivesse tão abalada com o método pelo qual ela havia feito aquilo, o fato de Grandmère ter me tirado da aula de Álgebra não era exatamente algo que ia me fazer chorar. Quer dizer, fala sério. Números inteiros não são a coisa de que mais gosto.

"Bem, aonde quer que estejamos indo", eu disse, severamente, "é melhor que a gente volte a tempo para o almoço. Porque Michael vai ficar imaginando onde eu estou —"

"Não *aquele rapaz* de novo", disse Grandmère, levantando os olhos para o teto solar da limusine com um suspiro.

"Sim, *aquele rapaz*", eu disse. "Aquele rapaz que acontece que eu amo com todo o meu coração e minha alma. E Grandmère, se você pudesse apenas conhecê-lo, você saberia..."

"Oh, chegamos", Grandmère disse, com algum alívio, enquanto seu motorista estacionava. "Finalmente. Saia, Amélia."

Eu saí da limusine, aí olhei em torno para ver aonde Grandmère tinha me levado. Mas tudo o que vi foi a grande loja de Chanel na Rua 57. Mas ali não podia ser o lugar para onde a gente ia. Podia?

Mas quando Grandmère desembaraçou Rommel de sua coleira Louis Vuitton, colocou-o no chão e começou a caminhar firmemente na direção daquelas grandes portas de vidro, eu vi que Chanel era exatamente aonde estávamos indo.

"Grandmère", eu gritei, correndo atrás dela. "Chanel? Você me arrancou da sala de aula para *fazer compras*?"

"Você precisa de um vestido", Grandmère disse, torcendo o nariz. "Para o baile preto e branco da condessa Trevanni na sexta-feira. Este foi o horário mais cedo que consegui marcar."

"Baile preto e branco?", eu fiz eco enquanto Lars nos escoltava até o quieto ambiente branco da Chanel, a boutique de moda mais exclusiva do mundo — o tipo de loja em que, antes de descobrir que era princesa, eu teria ficado tão aterrorizada até de pisar lá dentro... embora não possa dizer o mesmo de minhas amigas, já que Lilly uma vez filmou um episódio inteiro de seu programa de TV a cabo ali dentro, experimentando as últimas criações de Karl Lagerfeld, e não teria saído se a segurança não tivesse entrado porta a dentro e a escoltado até a rua. Tinha sido um programa sobre como os designers de alta-costura são totalmente preconceituosos com tamanho, mostrando como é impossível encontrar calças de couro em qualquer número maior do que um tamanho 38 de miss. "Que baile preto e branco?"

"Certamente sua mãe lhe falou", Grandmère disse, enquanto uma mulher alta e magra feito um varapau se aproximava de nós com gritinhos de "Sua Alteza Real! Como é maravilhoso vê-la!"

"Minha mãe não me disse nada sobre nenhum baile", eu disse. "Quando você disse que era?"

"Sexta-feira à noite", Grandmère me disse. Para a vendedora ela disse "Sim, acredito que você tenha separado alguns vestidos para minha neta. Eu requisitei especificamente vestidos brancos." Grandmère piscou com seriedade para mim. "Você é muito jovem para usar preto. Não quero ouvir qualquer questionamento a respeito disso."

Questionamento sobre isso? Como eu podia questionar a respeito de algo que eu nem tinha começado a entender?

"Claro", estava dizendo a vendedora com um grande sorriso. "Venha comigo, sim, Sua Alteza?"

"Sexta à noite?" Eu gritei, sentindo que pelo menos esta parte do que estava acontecendo tinha começado a bater. "Sexta à noite? Grandmère, não posso ir a baile nenhum sexta à noite. Eu já tinha planos com..."

Mas Grandmère simplesmente colocou a mão no meio das minhas costas e me empurrou.

E aí eu já estava tropeçando atrás da vendedora, que nem piscava os olhos, como se princesas com botas de combate tropeçassem atrás dela o tempo todo.

E agora estou sentada na limusine de Grandmère no caminho de volta para a escola e tudo em que posso pensar é no número de pessoas a quem eu gostaria de agradecer por minha atual situação, a principal delas sendo minha mãe, por esquecer de me dizer que ela já tinha dado permissão a Grandmère para me carregar para esse negócio; a condessa Trevanni, simplesmente por fazer um baile preto e branco; os vendedores da Chanel, que, embora sejam muito legais, são realmente todos um monte de puxa-sacos, já que ajudaram minha avó a me vestir com um traje de baile branco diamante e me arrastar para um lugar onde eu a princípio não tenho desejo de comparecer; meu pai, por deixar a mãe dele solta sobre a indefesa cidade de Manhattan sem ninguém para supervisioná-la; e, claro, a própria Grandmère, por arruinar totalmente a minha vida.

Porque quando eu disse a ela, enquanto as pessoas da Chanel estavam jogando metros e metros de tecido em cima de mim, que eu totalmente não posso comparecer ao baile preto e branco da condessa Trevanni nesta sexta-feira, já que essa é a noite em que Michael e eu vamos ter nosso primeiro encontro, ela respondeu com uma grande lição de moral sobre como a primeira obrigação de uma princesa é com seu povo. O coração, Grandmère diz, deve sempre vir em segundo lugar.

Eu tentei explicar como esse encontro não poderia ser adiado ou remarcado, já que *Guerra nas Estrelas* estaria apenas passando no Screening Room só naquela noite, e que depois disso eles iam voltar a exibir *Moulin Rouge*, que eu não vou ver porque ouvi dizer que alguém morre no final.

Mas Grandmère se recusou a ver que meu encontro com Michael era muito mais importante que o baile preto e branco da condessa Trevanni. Aparentemente a condessa Trevanni é um membro muito socialmente proeminente da família real de Mônaco, além de ser algum tipo de prima distante (quem não é?) de nós. O fato de eu não comparecer a seu baile preto e branco aqui na cidade, com todas as outras debutantes, iria ser um deslize do qual a Casa Real de Grimaldi poderia jamais se recuperar.

Eu lembrei que o fato de eu não comparecer ao *Guerra nas estrelas* com Michael seria um deslize do qual meu relacionamento com meu namorado poderia jamais se recuperar. Mas Grandmère disse apenas que, se Michael realmente me ama, ele vai entender quando eu tiver que cancelar com ele.

"E se ele não amar", Grandmère disse, exalando uma pluma de fumaça cinza dos Gitanes que ela estava fumando, "então ele não é um consorte apropriado para você."

O que é muito fácil para Grandmère dizer. *Ela* não ficou apaixonada por Michael desde o primeiro ano. *Ela* não passou horas e horas tentando escrever poemas adequados à sua grandiosidade. *Ela* não sabe o que é amar, já que a única pessoa que Grandmère amou em sua vida inteira foi ela mesma.

Bem, é verdade.

E agora estamos voltando para a escola. É hora do almoço. Em um minuto eu vou ter que entrar e explicar a Michael que não posso comparecer a nosso primeiro encontro, porque posso causar um incidente internacional do qual o país sobre o qual um dia eu vou reinar pode jamais se recuperar.

Por que Grandmère simplesmente não me mandou para um colégio interno em Massachusetts?

# Quarta-feira, 21 de janeiro, S & J

Não consegui contar a ele.

Quer dizer, como eu podia? Especialmente quando ele estava sendo tão bacana comigo durante o almoço. Parecia que todo mundo na escola inteira sabia que Grandmére tinha vindo e me levado durante o horário da Sala de Estudos. Com sua bengala de chinchila, com aquelas sobrancelhas e Rommel a tiracolo, como ela poderia passar despercebida para qualquer pessoa? Ela chama tanta atenção quanto Cher.

Todo mundo ficou preocupado, sabe, com a suposta doença em minha família. Especialmente Michael. Ele ficou todo assim, "Tem alguma coisa que eu possa fazer? Seu dever de casa de Álgebra, ou algo assim? Sei que não é muito, mas é o mínimo que posso fazer..."

Como eu podia contar a verdade a ele — que meu pai não estava doente; que minha avó tinha me arrastado no meio da escola para me levar para *fazer compras*? Para comprar um vestido para usar num baile para o qual ele não havia sido convidado, e que ia acontecer durante a exata hora em que nós deveríamos estar curtindo um jantar e um cenário de fantasia espacial numa galáxia muito, muito distante?

Não consegui. Não consegui contar a ele. Não consegui contar a ninguém. Só fiquei lá sentada na hora do almoço toda calada. As pessoas interpretaram minha falta de capacidade de falar como extremo sofrimento mental. E era mesmo, na verdade, só que não pelas razões que eles achavam. Basicamente tudo em que eu estava pensando enquanto estava sentada ali era EU ODEIO MINHA AVÓ. EU ODEIO MINHA AVÓ. EU ODEIO MINHA AVÓ. EU ODEIO MINHA AVÓ.

Eu realmente, realmente odeio ela.

Assim que o almoço acabou, eu me enfiei em um dos telefones públicos do lado de fora das portas do auditório e liguei para casa. Eu sabia que minha mãe estaria lá e não em seu estúdio, porque ela ainda está trabalhando nas paredes do quarto do bebê. Ela tinha chegado à terceira parede, na qual estava pintando um retrato altamente realista da queda de Saigon.

"Oh, Mia", ela disse, quando eu perguntei se não havia alguma coisa que ela possivelmente poderia ter esquecido de mencionar para mim. "Mil desculpas. Sua avó ligou durante *Anna Nicole*. Você sabe como eu fico durante *Anna Nicole*."

"Mãe", eu disse, com os dentes cerrados. "Por que você disse a ela que tudo bem eu ir a essa coisa estúpida? Você me disse que eu podia sair com Michael nessa noite!"

"Eu disse?" Minha mãe parecia confusa. E por que não estaria? Ela claramente não se lembrava da conversa que tivera comigo sobre meu encontro com Michael... em primeiro lugar, claro, porque ela estava morta para o mundo durante a conversa. Mesmo assim, ela não precisava saber disso. O que era importante era que ela devia se sentir o mais culpada possível pelo crime hediondo que havia cometido. "Ai, querida. Me desculpe. Bem, você simplesmente vai ter que cancelar com Michael. Ele vai entender."

"Mãe", eu gritei. "Ele não vai! Esse era para ser o nosso primeiro encontro de verdade! Você tem que fazer alguma coisa!"

"Bem", minha mãe disse, parecendo meio irônica. "Estou um pouco surpresa de ouvir que você está tão infeliz com isso, coração. Sabe, considerando toda essa sua história sobre não querer correr atrás de Michael. Cancelar seu primeiro encontro com ele definitivamente se encaixaria nessa categoria."

"Muito engraçado, mãe", eu disse. "Mas Jane não cancelaria seu primeiro encontro com o sr. Rochester. Ela simplesmente não ligaria para ele antes, de jeito nenhum, ou então não daria muita atenção a ele durante o encontro."

"Ah", disse minha mãe.

"Olha", eu disse. "Isso é sério. Você tem que me tirar desse baile estúpido!"

Mas tudo o que minha mãe disse era que ela ia falar com meu pai sobre aquilo. Eu sabia o que aquilo significava, claro. Sem chance de me tirarem fora desse baile. Meu pai nunca em sua vida havia abandonado o dever pelo amor. Ele é totalmente princesa Margaret nesse sentido.

Então agora estou sentada aqui (tentando fazer meu dever de casa de Álgebra, como sempre, porque não sou nem superdotada nem talentosa), sabendo que em um momento ou noutro vou ter que contar a Michael que nosso encontro está cancelado. Mas como? Como vou fazer isso? E se ele ficar com tanta raiva que nunca mais vai me chamar para sair?

Pior, e se ele chamar outra garota para ver *Guerra nas estrelas* com ele? Quer dizer, alguma garota que sabe todas as falas que se deve gritar para a tela durante o filme. Tipo assim, quando Ben Kenobi fala "Obi-Wan. Este é um nome que não escuto há muito tempo", você deve gritar "Quanto tempo?" e aí Ben fala "Há muito tempo".

Deve haver um milhão de garotas além de mim que sabem isso. Michael podia chamar qualquer uma delas em vez de mim e passar momentos perfeitamente maravilhosos. Sem mim.

Lilly está me enchendo para descobrir o que há de errado. Ela fica me passando bilhetes, porque estão dedetizando a sala dos professores e a sra. Hill está aqui dentro hoje, fingindo estar corrigindo provas de sua aula de computação no quarto período. Mas na verdade ela está fazendo pedidos num catálogo Garnet Hill. Eu o vi embaixo das provas.

*Seu pai está superdoente?* Dizia o último bilhete de Lilly. *Você vai ter que ir de novo para Genovia?*

*Não*, eu escrevi de volta.

*É o câncer?* Lilly quer saber. *Ele teve uma recorrência?*

*Não,* eu escrevi de volta.

*Bem, então o que é?* A letra de Lilly está ficando pontuda, sinal certo de que ela está ficando impaciente comigo. *Por que você não me conta?*

*Porque,* eu quis rabiscar de volta, em grandes letras maiúsculas, *a verdade vai levar ao fim iminente de meu relacionamento romântico com seu irmão, e eu não poderia suportar isso! Você não vê que não posso viver sem ele?*

Mas eu não posso escrever isso, porque não estou pronta para desistir ainda. Quer dizer, não sou uma princesa da Casa Real de Renaldo? Princesas da Casa Real de Renaldo simplesmente desistem, assim, quando algo que elas querem tão carinhosamente quanto eu quero Michael está em risco?

Não, elas não desistem. Veja minhas ancestrais, Agnes e Rosagunde. Agnes pulou de uma ponte para conseguir o que ela queria (não ser freira). E Rosagunde estrangulou um cara com seus próprios cabelos (para não ter que dormir com ele). Iria eu, Mia Thermopolis, deixar uma coisinha pequena como o baile preto e branco da condessa

Trevanni se colocar no caminho de meu primeiro encontro com o homem que amo?

Não, eu não ia.

Talvez esse, enfim, seja meu talento. A indomabilidade que herdei das princesas Renaldo antes de mim.

Tomada por essa constatação, escrevi um bilhete apressado para Lilly.

*Meu talento é que, como minhas ancestrais, eu sou indomável?*

Esperei com a respiração presa por sua resposta. Embora não estivesse claro para mim o que eu ia fazer se ela respondesse positivamente. Porque que tipo de talento é ser indomável? Quer dizer, você não pode ser paga por isso, da maneira que pode ser se seu talento é tocar violino ou escrever músicas ou produzir programas para televisão a cabo.

Mesmo assim, seria bom saber que eu tinha descoberto meu talento por conta própria. Sabe, no sentido de escalar a árvore jungiana da autorrealização.

Mas a resposta de Lilly foi desapontadora:

*Não, seu talento não é que você é indomável, dinkus. Meu Deus, V é tão impenetrável às vezes. O QUE HÁ DE ERRADO COM SEU PAI??????*

Suspirando, me dei conta de que não tinha escolha a não ser escrever de volta *Nada. Grandmère simplesmente queria me levar à Chanel, aí ela inventou essa história do meu pai estar doente.*

*Meu Deus,* Lilly escreveu de volta. *Não é de se estranhar que você esteja parecendo ter comido uma meia de novo. Sua avó é horrível.*

Eu não poderia concordar mais. Se apenas Lilly soubesse a extensão daquilo.

# Quarta-feira, 21 de janeiro, sexto período, escadaria do terceiro andar

Reunião de emergência das seguidoras da técnica de Jane Eyre de lidar-com-o-namorado. Estamos claramente em risco de sermos descobertas a qualquer momento, já que estamos matando a aula de francês a fim de nos reunirmos aqui na escada que leva ao telhado (cuja porta está fechada, claro: Lilly diz que, no filme da minha vida, a galera fica indo para o telhado da escola o tempo todo. Só outro exemplo de como a arte muito certamente não imita a vida), para que possamos socorrer uma de nossas irmãs em sofrimento.

É isso mesmo. Acontece que não sou a única para quem o semestre está tendo um começo de mau agouro. Não apenas Tina torceu o tornozelo nas pistas de esqui de Aspen — não, ela também recebeu uma mensagem de texto de Dave Farouq El-Abar durante o quinto período em seu novo telefone celular. Dizia, V NUNCA MAIS ME LIGOU. TÔ LEVANDO JASMINE AO JOGO DOS RANGERS. TENHA UMA VIDA LEGAL.

Nunca em minha vida vi nada tão insensível como aquela mensagem. Eu juro, meu sangue ficou gelado quando li aquilo.

"Porco chauvinista", disse Lilly, quando viu a mensagem. "Nem se preocupe com isso, Tina. Você vai encontrar alguém melhor."

"Eu n-não quero alguém me-melhor", soluçou Tina. "Eu só quero D-Dave!"

Parte meu coração vê-la sofrendo tanto — não apenas sofrimento emocional, também: não foi brincadeira tentar chegar de muletas à escada do terceiro andar. Eu prometi fielmente me sentar com ela enquanto ela trabalha sua angústia (Lilly a está conduzindo pelos cinco estágios do sofrimento de Elisabeth Kübler-Ross: Negação — não acredito que ele faria isso comigo; Raiva — Jasmine provavelmente é uma cachorra que beija na boca no primeiro encontro; Barganha — talvez se eu disser a ele que telefonarei fielmente todas as noites ele me queira de volta; Depressão — Nunca mais vou amar outro homem; Aceitação — bem, acho que ele *era mesmo* meio egoísta). Claro que estar aqui com Tina, em vez de na aula de francês, significa que estou arriscando uma possível suspensão, que é a pena por matar aula aqui na Albert Einstein.

Mas o que é mais importante, minha ficha disciplinar ou minha amiga?

Além do mais, Lars está vigiando no pé da escada. Se o sr. Kreblutz, o inspetor, aparecer, Lars vai assobiar o hino de Genovia e nós vamos nos colar às paredes perto das velhas esteiras de ginástica (que são muito fedorentas, por sinal, e sem dúvida um risco de incêndio).

Embora eu esteja profundamente triste por ela, não consigo evitar de sentir que a situação de Tina me ensinou uma valiosa lição: que a técnica de Jane Eyre de lidar-com-o-namorado não é necessariamente o método mais confiável para segurar seu namorado.

Só que, de acordo com Grandmère, que realmente conseguiu segurar um marido durante quarenta anos, o meio mais rápido de fazer um garoto sair fora é correr atrás dele.

E certamente Lilly, que tem o relacionamento mais longo de todas nós, não persegue Boris. Na verdade, por sinal, *ele* é quem fica atrás dela. Mas isso é provavelmente porque Lilly é muito ocupada com seus vários processos e projetos para prestar uma atenção mais do que superficial nele.

Em algum lugar entre as duas — Grandmère e Lilly — deve estar a verdade para se manter um relacionamento bem-sucedido com um homem. De alguma forma eu tenho que conseguir descobrir isso, porque vou te dizer uma coisa: se jamais receber uma mensagem de Michael como essa que Tina acaba de receber de Dave, eu certamente vou dar um mergulho do alto da Tappan Zee. E eu duvido muito que qualquer guarda costeiro bonitão vá aparecer e me pescar — pelo menos, não inteira. A Ponte Tappan Zee é *meio* mais alta do que a Ponte das Virgens.

E claro que você sabe o que isso significa — toda essa história com Tina e Dave, quer dizer. Quer dizer que não posso cancelar meu encontro com Michael. Sem chance, de jeito nenhum. Não ligo se Mônaco começar a jogar mísseis SCUD na Casa do Parlamento Genoviano: não vou a esse baile preto e branco. Grandmère e a condessa Trevanni simplesmente vão ter que aprender a conviver com o desapontamento.

Porque quando se trata de nossos homens, nós mulheres de Renaldo não vacilamos. Nós jogamos para ganhar.


DEVER DE CASA

Álgebra: probls. no início do Cap. 11, MAIS...??? Não sei, graças a Grandmère

Inglês: atualizar diário (Como Passei Minhas Férias de Inverno — 500 palavras) MAIS...??? Não sei, graças a Grandmère

Bio: ler Capítulo 12, MAIS...??? Não sei, graças a Grandmère

Saúde e Segurança: Capítulo 1, Você e Seu Ambiente, MAIS...???
Não sei, graças a Grandmère

S & T: descobrir meu talento oculto

Francês: Chapitre Dix, MAIS... Não sei, porque matei aula!!!

Civ. Mundiais: Capítulo 13: Admirável Mundo Novo; ilustrar
por meio de eventos atuais quanto a tecnologia pode custar à
sociedade

# Quarta-feira, 21 de janeiro, limusine no caminho para casa, vinda de Grandmère

Enquanto eu posso nunca realmente descobrir qual é o meu talento — se é que eu tenho um — o de Grandmère é simplesmente muito dolorosamente óbvio. Clarisse Renaldo tem um dom total de destruir completamente minha vida. Está totalmente claro para mim agora que este vem sendo o seu objetivo o tempo todo. O fato é que Grandmère não consegue suportar Michael. Claro que não é porque ele já tenha feito alguma coisa a ela. Nunca fez nada a não ser fazer sua neta super, sublimemente, feliz. Ela nem mesmo o conhece.

Não, Grandmère não gosta de Michael porque Michael é plebeu.

Como eu sei disso? Bem, se tornou muito óbvio quando entrei na suíte dela para minha aula de princesa hoje, e quem simplesmente estava chegando de seu jogo de raquetebol no New York Athletic Club, balançando sua raquete, querendo ficar todo parecido com Andre Agassi? Ah, só o príncipe René.

"O que VOCÊ está fazendo aqui?", eu perguntei, de um jeito que Grandmère mais tarde me reprovou (ela disse naquele seu tom acusador que minha pergunta não era adequada a uma dama, como se eu suspeitasse que René estava em alguma coisa clandestina, o que, claro, eu suspeitava. Eu praticamente tive que bater na cabeça dele em Genovia para conseguir meu cetro de volta).

"Curtindo sua bela cidade", foi o que René respondeu. E aí ele pediu licença para ir tomar banho, porque, como ele colocou, estava um tanto suado da quadra.

"Realmente, Amelia", Grandmère disse, com desaprovação. "Isso é maneira de cumprimentar seu primo?"

"Por que ele não voltou para a escola?", eu quis saber.

"Para sua informação", Grandmère disse, "acontece que ele está de férias."

"Ainda"?" Isso me parece bem suspeito. Quer dizer, que tipo de escola de administração — mesmo uma francesa — tem férias de Natal que entram praticamente até fevereiro?

"Escolas como a de René", foi a explicação de Grandmère para isso, "tradicionalmente têm férias de inverno mais longas do que as americanas, para que seus pupilos possam fazer pleno uso da estação de esqui."

"Não vi nenhum esqui com ele", eu apontei, ardilosamente.

"*Pfuit!*", foi tudo o que Grandmère teve para dizer sobre isso, entretanto. "René já aproveitou as pistas o suficiente este ano. Além do mais, ele adora Manhattan."

Bem, acho que dava para ver aquilo. Quer dizer, Nova York *é* a melhor cidade do mundo, afinal de contas. Porque outro dia mesmo um trabalhador de construção civil na rua 42 encontrou uma ratazana de nove quilos. É uma ratazana que simplesmente é dois quilos e meio mais leve que meu gato! Você não encontra nenhuma ratazana de nove quilos em Paris ou Hong Kong, isso é certo.

Então, enfim, estávamos seguindo com a história da aula de princesa — sabe, Grandmère estava me instruindo sobre os personagens que eu ia encontrar neste baile preto e branco, incluindo o grupo de debutantes deste ano, as filhas de socialites e outras pessoas da chamada realeza americana, que estavam "Apresentando-se" para a Sociedade com S maiúsculo, e procurando maridos (mesmo que o que elas deviam estar procurando, se você quiser saber minha opinião, era um bom programa de universidade, e talvez um trabalho de meio expediente ensinando pessoas sem-teto analfabetas a ler. Mas isso é só o que eu acho), quando de repente me ocorreu a solução para meu problema:

Por que Michael não poderia ser meu acompanhante para o baile preto e branco da condessa Trevanni?

Tudo bem, está certo que não era nenhum *Guerra nas estrelas*. E ele teria com certeza que se enfiar num fraque e tal. Mas pelo menos a gente poderia estar juntos. Pelo menos eu ainda poderia dar a ele o presente de aniversário num local que ficava do lado de fora das paredes de concreto da Escola Albert Einstein. Pelo menos eu não teria que cancelar tudo com ele totalmente. Pelo menos as relações diplomáticas entre Genovia e Mônaco ficariam mantidas em Estado de Defesa Cinco.

Mas, eu fiquei imaginando, como jamais eu conseguiria que Grandmère concordasse com isso? Quer dizer, ela não tinha dito nada sobre a condessa me deixar levar um namorado.

Mas e daí, e todas aquelas debutantes? Elas não iam levar acompanhantes? Não era para isso que servia a Academia Militar de West Point? Para fornecer acompanhantes para bailes de debutantes? E se essas garotas podiam levar seus acompanhantes, e elas nem mesmo eram princesas, por que eu não poderia?

Fazer Grandmère me deixar levar Michael ao baile preto e branco, depois de todas aquelas nossas longas discussões sobre como não se deve deixar o objeto de sua afeição nem mesmo saber que você gosta dele, ia ser um grande obstáculo. Eu decidi que teria que exercitar algumas das táticas diplomáticas que Grandmère tinha tido tanto trabalho para me ensinar.

"E por favor, Amelia, o que quer que você faça", Grandmère estava dizendo, enquanto ficava sentada ali passando um pente no pelo ralo de Rommel, como o veterinário real genoviano havia instruído, "não fique olhando muito para a cirurgia plástica no rosto da condessa. Sei que será difícil — parece que o cirurgião fez um estrago horrível. Mas na verdade é exatamente assim que Elena queria que ficasse. Aparentemente ela sempre quis se parecer com um peixe estrábico —"

"Olha, sobre esse baile, Grandmére", eu comecei, de repente. "Você acha que a condessa se importaria se eu, sabe... levasse alguém?"

Grandmère olhou para mim, confusa, por sobre o corpo rosado e trêmulo de Rommel. "O que você quer dizer? Amelia, eu duvido muitíssimo que sua mãe pudesse se divertir no baile preto e branco da condessa Trevanni. Por uma razão, não haverá nenhum outro hippie radical lá —"

"Não é minha mãe", eu disse, me dando conta de que talvez tivesse sido muito brusca. "Eu estava pensando mais em tipo... um acompanhante."

"Mas você já tem um acompanhante". Grandmère ajustou a coleira incrustada de diamantes de Rommel.

"Tenho?", eu não me lembrava de ter pedido a ninguém para conseguir um cara da West Point para mim.

"Claro que tem", Grandmère disse, ainda sem encontrar meu olhar, eu notei. "O príncipe René ofereceu-se generosamente para servir de acompanhante para você no baile. Agora, onde estávamos? Ah, sim. Sobre o gosto da condessa para roupas. Acho que você já aprendeu o suficiente agora para saber que você não deve comentar — pelo menos na frente delas — o que qualquer de suas anfitriãs esteja vestindo. Mas acho que é necessário alertar você para o fato de que a condessa tem uma tendência a usar roupas que são de alguma maneira muito jovens para ela, e que revelam..."

"*René* vai ser meu acompanhante?" Eu fiquei de pé, quase derrubando o Sidecar de Grandmère. "*René* vai me levar ao baile preto e branco?"

"Bem, sim", Grandmère disse, parecendo suavemente inocente, se você quer saber. "Ele é, afinal de contas, um convidado nesta cidade — neste país, por sinal. Eu achei que você, Amelia, ficaria simplesmente muito feliz de fazê-lo sentir-se bem-vindo e querido —"

Eu estreitei os olhos na direção dela. "O que está acontecendo aqui?", eu perguntei. "Grandmère, você está tentando juntar René comigo?"

"Certamente não", Grandmère disse, parecendo genuinamente apavorada com a sugestão. Mas acontece que eu já havia sido enganada pelas expressões de Grandmère antes. Especialmente aquela que ela usa quando quer que você pense que ela é apenas uma velhinha indefesa. "Sua imaginação deve definitivamente vir do lado da família de sua mãe. Seu pai nunca foi tão fantasioso quanto você, Amelia, motivo pelo qual eu devo apenas agradecer a Deus. Ele teria me levado para o túmulo mais cedo, estou convencida disso, se tivesse tido metade dos caprichos que você tende a ter, senhorita."

"Bem, o que mais eu deveria pensar?", eu perguntei, me sentindo um pouco sem graça com minha explosão. Afinal de contas, a ideia de que Grandmère poderia, mesmo que eu tivesse apenas 14 anos, estar tentando me juntar com algum príncipe com quem ela queria que eu me casasse *era* um pouco excêntrica. Quer dizer, mesmo para Grandmère. "Você fez a gente dançar juntos..."

"Para uma fotografia de revista", Grandmère fungou.

"...e você não gosta de Michael..."

"Eu nunca disse que não gostava dele. Pelo que conheço dele, acho que é um garoto perfeitamente charmoso. Só quero que você seja realista com o fato de que você, Amelia, não é como as outras garotas. Você é uma princesa, e tem que pensar no bem de seu país."

"...e aí René aparecendo assim, e você anunciando que ele vai me levar ao baile preto e branco..."

"É errado da minha parte querer ver o pobre garoto se divertir um pouco enquanto está aqui? Ele sofreu tantas provações, perdendo a casa de seus ancestrais, sem mencionar seu próprio reino..."

"Grandmère", eu disse. "René nem era nascido quando eles expulsaram a família dele..."

"Mais uma razão", Grandmère disse, "para você ser sensível à condição dele."

Ótimo. O que devo fazer agora? Com Michael, quero dizer? Não posso levar ele *e* o príncipe René ao baile. Quer dizer, já pareço estranha o suficiente, com meu cabelo semicrescido e minha androginia (embora, julgando pela descrição de Grandmère, a condessa deva ser ainda mais estranha do que eu) sem arrastar dois namorados e um guarda-costas comigo.

Eu queria ser a princesa Leia em vez de mim, a princesa Mia. Seria melhor entrar na Estrela da Morte do que num baile preto e branco.

# Quarta-feira, 21 de janeiro, no loft

Bem, minha mãe tentar falar com meu pai sobre o baile da condessa foi um fracasso total. Aparentemente toda aquela história do debate sobre os parquímetros tinha meio que saído de controle. O ministro do Turismo está conduzindo um pronunciamento por sua própria conta, em resposta àquele do ministro da Economia, e não pode haver nenhuma votação até que ele pare de falar e se sente. Até agora ele está falando há doze horas e 48 minutos. Não sei por que meu pai simplesmente não manda prendê-lo e colocá-lo nas masmorras.

Estou realmente começando a ficar com medo de que não vá ser capaz de me livrar dessa história do baile.

"É melhor você contar ao Michael", minha mãe acaba de enfiar a cabeça pela porta para dizer, tentando ajudar. "Que você não vai poder comparecer na sexta. Ei, você está escrevendo de novo no seu diário? Você não devia estar fazendo seu dever de casa?"

Tentando desviar o assunto de meu dever de casa (pô, estou totalmente fazendo ele, só estou dando um tempinho agora), eu falei, "Mãe, não vou dizer nada ao Michael até que tenhamos notícias de papai. Porque não faz sentido eu correr o risco de Michael terminar comigo se papai simplesmente se virar e falar que não tenho que ir a esse baile estúpido."

"Mia", minha mãe disse. "Michael não vai terminar com você só porque você tem um compromisso familiar do qual não pode se livrar."

"Eu não teria tanta certeza", eu disse, sombriamente. "Dave Farouq El-Abar terminou com Tina hoje porque ela não retornou suas ligações."

"Isso é diferente", minha mãe disse. "É muita falta de educação não retornar as ligações de alguém."

"Mas mãe", eu disse. Eu estava ficando cansada de ter que explicar essas coisas para minha mãe o tempo todo. É um espanto para mim que ela tenha conseguido ficar com um cara, da primeira vez, e ainda mais com o segundo agora, quando ela claramente sabe tão pouco sobre a arte de namorar. "Se você estiver muito disponível, o cara pode pensar que a caça perdeu toda a emoção."

Minha mãe parecia duvidar. "Não diga. Deixe-me adivinhar. Foi sua avó quem disse isso a você?"

"Hum", disse eu. "Foi."

"Bem, deixe-me dar a você um pequeno conselho que minha mãe uma vez me deu", disse minha mãe. Eu fiquei surpresa. Minha mãe não se dá muito bem com seus pais, então é raro que ela jamais mencione qualquer um deles dando qualquer conselho que merecesse ser passado adiante para sua própria filha.

"Se você acha que há uma chance de você ter que cancelar o encontro com Michael na sexta à noite", ela disse, "é melhor começar a falar que o gato subiu no telhado agora."

Eu fiquei compreensivelmente perplexa com isso. "Que o gato subiu onde?"

"Que o gato subiu no telhado", minha mãe disse. "Você precisa começar a prepará-lo mentalmente para o desapontamento. Por exemplo, se algo tivesse acontecido com Fat Louie enquanto você estava em Genovia..." Minha boca deve ter se escancarado, já que minha mãe falou: "Não se preocupe, não aconteceu nada. Mas estou apenas dizendo, se algo tivesse acontecido, eu não teria simplesmente soltado isso em cima de você pelo telefone. Eu teria preparado você gentilmente para a surpresa desagradável no final. Por exemplo, eu iria dizer, "Mia, Fat Louie escapou pela janela e agora subiu no telhado, e não estamos conseguindo fazê-lo descer."

"Claro que você conseguiria fazê-lo descer", eu protestei. "Você podia subir pela escada de incêndio, pegar uma fronha e, quando chegasse perto dele, você podia jogar a fronha sobre ele e agarrá-lo e carregá-lo de volta para baixo."

"Sim", disse minha mãe. "Mas supondo que eu dissesse a você que ia tentar isso. E no dia seguinte eu ligaria para você e diria que não tinha funcionado, que Fat Louie tinha escapado para o telhado vizinho —"

"Eu diria a você para ir ao prédio ao lado e pedir a alguém para deixá-la entrar e aí subir no telhado deles". Eu realmente não estava vendo onde é que ela queria chegar com aquilo. "Mãe, como você poderia ser tão irresponsável e deixar Fat Louie sair, em primeiro lugar? Eu disse a você muitas e muitas vezes, você tem que manter a janela de meu quarto fechada, você sabe como ele gosta de olhar os pombos. Louie não tem nenhuma técnica de sobrevivência para o lado de fora —"

"Então, naturalmente", minha mãe disse, "você não esperaria que ele sobrevivesse duas noites do lado de fora."

"Não", eu praticamente gemi. "Eu não esperaria."

"Bem. Veja. Então você estaria mentalmente preparada quando eu ligasse para você no terceiro dia para dizer que, apesar de tudo o que fizemos, Louie estava morto."

"AI, MEU DEUS!", agarrei Fat Louie de onde ele estava, deitado ao meu lado na cama. "E você acha que eu faria isso com o pobre Michael? Ele tem um cachorro, não um gato! Pavlov nunca vai subir no telhado!"

"Não", minha mãe disse, parecendo cansada. Bem, e por que não estaria? A essência de sua vida estava sendo vagarosamente sugada pelo feto insaciável crescendo dentro dela. "Estou dizendo que você devia começar a preparar Michael mentalmente para o desapontamento que ele vai sentir se realmente você precisar cancelar com ele na sexta à noite. Ligue para ele e diga que você talvez não consiga ir. Isso é tudo. Conte a ele sobre o gato no telhado."

Eu deixei Fat Louie ir. Não apenas porque eu finalmente me dei conta do que minha mãe estava querendo dizer, mas porque ele estava tentando me morder para me fazer afrouxar o estrangulamento que estava dando nele.

"Ah", eu disse. "Você acha que se eu fizer isso — começar a prepará-lo mentalmente para o fato de que eu posso não conseguir sair com ele na sexta-feira —, ele não vai terminar comigo quando eu chegar e der a notícia de verdade?"

"Mia", disse minha mãe, "nenhum cara vai terminar com você porque você tem de cancelar um encontro. Se algum garoto fizer isso, então não merece sair com você, de qualquer maneira. Tipo esse Dave, da Tina. Eu me arriscaria a dizer, ela provavelmente está melhor sem ele. Agora, faça seu dever de casa."

Só que como poderia qualquer um esperar que eu fizesse meu dever de casa depois de receber uma informação como aquela?

Em vez disso, entrei na Internet. Eu queria mandar uma mensagem para o Michael, mas em vez disso descobri que Tina estava me mandando mensagens insistentemente.

EUAMOROMANCE: Oi, Mia. O q vc está fazendo?

Ela parecia tão triste! Ela estava até usando uma fonte azul!

FTLOUIE: Só estou fazendo meu dever de Bio. Como é que você está?

EUAMOROMANCE: Bem, eu acho. Só sinto muito a falta dele!!!!!!!!!!!!!!!!!!!! Queria nunca ter ouvido falar daquela Jane Eyre estúpida.

Lembrando do que minha mãe tinha dito, eu escrevi

FTLOUIE: Tina, se Dave estava querendo terminar com você só porque você não retornou as ligações dele, então ele não merece você. Você vai encontrar outro cara, um que aprecie você.

EUAMOROMANCE: Vc acha mesmo?

FTLOUIE: Totalmente.

EUAMOROMANCE: Mas onde vou encontrar um cara q me aprecie na Associação para Saúde e Ciências Ambientais? Todos os caras que vão lá são retardados. A não ser o MM, claro.

FTLOUIE: Não se preocupe, a gente vai encontrar alguém pra você. Eu tenho que mandar uma msg para o meu pai agora...

Eu não queria dizer a ela que a pessoa para quem eu realmente tinha que mandar uma msg era Michael. Eu não queria ressaltar que eu tinha um namorado e ela não. E eu também esperava que ela não se lembrasse de que em Genovia, onde meu pai estava, eram quatro da manhã. E nem que o Palácio de Genovia não é exatamente de última geração, tecnologicamente falando.

FtLouie: Então a gente se fala depois.

EuAmoRomance: Ok, tchau. Se vc quiser teclar mais tarde, vou estar aqui. Não tenho mais nenhum lugar pra ir.

Pobre, doce Tina! Ela está claramente prostrada de dor. Realmente, se você pensar bem, foi bom ela se livrar do Dave. Se ele queria tanto deixá-la por essa Jasmine, podia se separar dela gentilmente, contando-que-o-gato-subiu-no-telhado. Se fosse um cavalheiro, teria feito isso. Mas estava muito claro agora que Dave não era cavalheiro de jeito nenhum.

Estou feliz que *meu* namorado seja diferente. Ou pelo menos eu espero que seja. Não, espera — claro que ele é. Ele é MICHAEL.

FtLouie: Oi!

LinuxRulz: E aí? Onde você estava?

FtLouie: Aulas de princesa.

LinuxRulz: Você ainda não sabe tudo que se precisa saber para ser uma princesa?

FTLOUIE: Aparentemente não. Grandmère está me dando tipo uma afinada. Falando nisso, será que tem, tipo assim, uma sessão mais tarde de *Guerra nas estrelas* do que sete da noite?

LINUXRULZ: Tem, às onze. Por quê?

FTLOUIE: Oh, nada.

LINUXRULZ: POR QUÊ?

Mas veja que aí estava a parte onde eu não poderia fazer isso. Talvez por causa das letras maiúsculas, ou talvez porque minha conversa com Tina ainda estava muito fresca em minha mente. A tristeza inigualável nos vcs azuis dela eram simplesmente demais para mim. Eu sei que eu devia simplesmente contar a ele tudo sobre a história do baile bem ali e naquela hora, só que não consegui. Tudo em que conseguia pensar era no quanto Michael era incrivelmente inteligente e talentoso, e na aberração patética e sem talento que eu sou, e como seria fácil para ele sair e encontrar alguém que merecesse mais sua atenção.

Então, em vez disso, escrevi

FTLOUIE: Ando pensando em alguns nomes para sua banda.

LINUXRULZ: O que isso tem a ver com ter ou não ter uma sessão mais tarde de *Guerra nas estrelas* na sexta à noite?

FTLOUIE: Bem, nada, eu acho. A não ser... o que você pensa de Michael e os Wookiees?

LinuxRulz: Acho que talvez você tenha andado brincando com o rato de erva-de-gato de Fat Louie de novo.

FtLouie: Ha ha. OK, e que tal Os Ewoks?

LinuxRulz: Os EWOKS? Onde sua avó levou você hoje quando ela te arrancou da sala de estudos? Terapia de choque elétrico?

FtLouie: Só estou tentando ajudar.

LinuxRulz: Eu sei, desculpe. Só que não acho que os caras vão realmente gostar de serem comparados a bonequinhos cabeludos do planeta Endor. Quer dizer, um deles é Boris, mas até ele iria fazer objeção a Ewoks, espero...

FtLouie: BORIS PELKOWSKI ESTÁ EM SUA BANDA????

LinuxRulz: Está. Por quê?

FtLouie: Nada.

Tudo o que eu posso dizer é que, se eu tivesse uma banda, eu não deixaria Boris entrar nela. Quer dizer, sei que ele é um músico talentoso e tudo, mas também respira pela boca. Acho que é ótimo que ele e Lilly fiquem tão bem juntos, e por poucos períodos de tempo eu posso totalmente suportá-lo e até passar bons momentos com ele e tudo. Mas eu não deixaria ele entrar em minha banda. Não a menos que parasse de enfiar os suéteres para dentro das calças.

LinuxRulz: Boris não é tão ruim quando você conhece ele melhor.

FtLouie: Eu sei. Ele só não parece fazer o tipo banda. Todo aquele Bartok.

LinuxRulz: Ele toca um *bluegrass* irado, sabe. Não que a gente vá tocar nenhum *bluegrass* na banda.

Isso era confortador.

LinuxRulz: Então sua avó vai deixar você sair a tempo?

Eu realmente não tinha ideia do que ele estava falando.

FtLouie: O quê????

LinuxRulz: Na sexta. Você tem aula de princesa, certo? Por isso você estava perguntando sobre sessões mais tarde do filme, não é? Você está preocupada que sua avó não deixe você sair a tempo?

Foi aí que eu vacilei. Você vê, ele tinha me oferecido a saída perfeita — eu podia ter dito, "Sim, estou", e havia a chance de que ele tivesse dito tipo "Beleza, então vamos marcar para outra vez".

MAS E SE NÃO HOUVESSE OUTRA VEZ????

E se Michael, como Dave, simplesmente terminasse comigo e encontrasse outra garota para levar ao filme????

Então em vez de falar isso, eu falei

FtLouie: Não, vai dar tudo certo. Acho que vou conseguir sair mais cedo.

POR QUE EU SOU TÃO BURRA???? POR QUE ESCREVI AQUILO???? Porque é CLARO que não vou conseguir sair mais cedo, eu estarei no estúpido baile preto e branco A NOITE TODA!!!!!

Juro, sou tão idiota que nem mereço ter um namorado.

# Quinta-feira, 22 de janeiro, Sala de Estudos

Hoje de manhã, no café, o sr. G ficou falando "Alguém viu minhas calças de veludo cotelê marrom?" e minha mãe, que havia ligado o despertador para acordar cedo o suficiente para tentar pegar meu pai num intervalo entre as sessões do parlamento (mas não teve tanta sorte) falou, "Não, mas alguém viu minha camiseta Free Winona?"

E aí eu falei, "Bem, eu ainda não encontrei minha roupa de baixo da rainha Amidala."

E foi aí que todos nós percebemos: alguém havia roubado nossa roupa lavada.

É realmente a única explicação para isso. Quer dizer, mandamos nossa roupa para lavar na lavanderia a peso na Thompson Street, e aí eles lavam e entregam toda dobrada e tal. Já que não temos porteiro, normalmente a bolsa simplesmente fica no vestíbulo até que um de nós a pegue e a arraste três andares de escadas acima para o loft.

Só que aparentemente ninguém viu a bolsa de roupas que mandamos no dia anterior à minha partida para Genovia! (Acho que sou a única em minha família que presta atenção em coisas como roupa para lavar — obviamente porque sou aquela sem talento e não tenho nada mais profundo para pensar do que roupas de baixo limpas.)

O que pode apenas significar que um daqueles repórteres malucos (que regularmente reviram nosso lixo, para o desgosto do sr. Molina, o síndico do nosso prédio) descobriu nossa trouxa de roupa limpa, e a qualquer minuto podemos esperar uma notícia bombástica na capa do *Post*: FORA DO ARMÁRIO: O QUE A PRINCESA MIA USA, E O QUE SIGNIFICA, DE ACORDO COM NOSSOS ESPECIALISTAS.

E AÍ O MUNDO INTEIRO VAI DESCOBRIR QUE EU USO CALCINHAS DA RAINHA AMIDALA!

Quer dizer, não é como se eu saísse por aí *anunciando* que tenho calcinhas de *Guerra nas estrelas*, ou mesmo que eu tenha algum tipo de calcinhas da sorte, de jeito nenhum. E devia ter levado minha calcinha da rainha Amidala comigo para Genovia, para ter sorte em meu pronunciamento de véspera de Natal para meu povo. Se eu tivesse levado, talvez não tivesse saído por aquela tangente do parquímetro.

Mas enfim, eu tinha ficado tão caída por causa de toda aquela história do Michael que tinha esquecido completamente.

E agora parece que alguém tomou posse de minha calcinha especial da sorte, e a próxima coisa que vai acontecer, você sabe, é que ela será leiloada na internet! Sério! Quem diria que umas calcinhas minhas não venderiam como água? Especialmente pelo fato de que são calcinhas da rainha Amidala.

Estou tão, tão morta.

Minha mãe já ligou para a delegacia para relatar o furto, mas aqueles caras estão muito ocupados perseguindo criminosos de verdade para ir atrás de um surrupiador de roupas limpas. Eles praticamente riram dela no telefone.

Está tudo bem para ela e o sr. G; tudo o que eles perderam foram roupas normais. Eu sou a única que perdeu roupa de baixo. Pior, minha roupa de baixo da sorte. Eu entendo totalmente que os homens e mulheres que combatem o crime nesta cidade têm coisas mais importantes para fazer do que procurar minhas calcinhas.

Mas da maneira que as coisas têm ido, eu realmente preciso de toda a boa sorte que puder conseguir.

# Quinta-feira, 22 de janeiro, Álgebra

**COISAS A FAZER**

1. Fazer o embaixador de Genovia na ONU ligar para a CIA. Ver se eles podem despachar alguns agentes para rastrear minhas calcinhas (se elas caírem em mãos erradas, pode haver um incidente internacional!).
2. Comprar comida de gato!!!!!
3. Conferir o consumo de ácido fólico da minha mãe.
4. Contar a Michael que não poderei ir ao primeiro encontro com ele.
5. Me preparar para ser dispensada por ele.

Defin.: A raiz quadrada de qd perfeito também tem fatores idênticos.

Defin.: raiz quadrada positiva é chamada raiz qd principal.

Números negativos não têm raiz qd.

# Quinta-feira, 22 de janeiro, Saúde e Segurança

*Você viu isso? Eles vão se encontrar no Cosi para almoçar!*

É. Ele a ama tanto.

*É tão bonitinho quando os professores estão apaixonados.*

Então você está nervosa com a reunião no café da manhã amanhã?

*É ruim. ELES é que devem estar nervosos.*

Você vai sozinha? Sua mãe e seu pai não vão com você?

*Por favor. Eu consigo lidar com um monte de executivos do cinema sozinha, obrigada. Como eles podem ficar enfiando esses detritos infantis pelas nossas gargantas, ano após ano? Eles não acham que a gente já sabe que tabaco mata? Ei, você fez todo o seu dever de casa ou ficou a noite inteira mandando msgs para o meu irmão?*

As duas coisas.

*Vocês dois são tão bonitinhos que fico com vontade de vomitar. Quase tão bonitinhos quanto o sr. Wheeton e mademoiselle Klein.*

Cala a boca.

*Meu Deus, isso é chato. Quer fazer outra lista?*

Tudo bem, você começa.

## GUIA DE LILLY MOSCOVITZ SOBRE O QUE
## É BACANA E O QUE NÃO É NA TV
### (com comentários de Mia Thermopolis)

### 7th Heaven

*Lilly: Uma visão complexa sobre a luta de uma família para manter costumes cristãos em uma sociedade evoluída dos dias modernos. Muito bem interpretado e ocasionalmente comovente, este programa pode se tornar "um sermão", mas realmente retrata os problemas encarados pelas famílias normais com surpreendente realismo, e só ocasionalmente resvala para o banal.*

Mia: Mesmo que o pai seja um pastor e todo mundo tenha qu ' aprender uma lição no fim de cada episódio, este programa é muito bom. Ponto alto: Quando as gêmeas Olsen foram as artistas convidadas. Ponto baixo: quando o maquiador do programa colocou cabelos longos na garota mais nova.

### Popstars

*Lilly: Uma ridícula tentativa de explorar o denominador comum dos mais baixos, este programa coloca seus jovens atores em um "teste" público*

*humilhante, depois zera tudo enquanto os perdedores choram e os*
*vencedores se alegram.*

Mia: Eles pegam um monte de pessoas atraentes que podem cantar
e dançar e fazem audições com eles por um lugar num grupo pop,
e alguns deles entram e outros não, e aqueles que entram são
celebridades instantâneas que aí têm um ataque, sempre usando,
enquanto isso, roupas interessantes, geralmente de umbigo de fora.
Como esse programa poderia ser ruim?

### Sabrina, a Aprendiz de Feiticeira

*Lilly: Embora baseado em personagens de quadrinhos, este programa é*
*surpreendentemente legal, e até ocasionalmente divertido. Embora,*
*infelizmente, as práticas Wicca de verdade não sejam descritas. O programa*
*poderia se beneficiar com alguma pesquisa sobre as religiões dos velhos*
*tempos que tem, através dos séculos, dado poder a milhões, principalmente*
*mulheres. O gato falante é um tanto suspeito: não li nenhuma*
*documentação confiável que apoiasse a possibilidade de transfiguração.*

Mia: Totalmente aterrorizante durante os anos de escola/Harvey.
Adeus Harvey = adeus programa.

### Baywatch

*Lilly: Lixo pueril.*

Mia: O mais excelente programa de todos os tempos. Todo mundo
é bonito: você pode seguir totalmente todas as histórias, mesmo

enquanto está mandando mensagens pelo computador; e há montes de imagens da praia, o que é ótimo quando você está na escura e triste Manhattan de fevereiro. Melhor episódio: Quando Pamela Anderson é sequestrada por aquele metade homem/metade monstro, que depois da cirurgia plástica se torna um professor na UCLA. Pior episódio: Qualquer um em que Mitch adota um filho.

### Meninas Superpoderosas

Lilly: *Melhor programa da televisão.*

Mia: Idem. Suficiente.

### Roswell

Lilly: *Agora infelizmente cancelado, este programa oferecia um olhar intrigante sobre a possibilidade de que aliens vivam entre nós. O fato de que eles possam ser adolescentes, e extraordinariamente atraentes, aumenta a credibilidade do programa de certa forma.*

Mia: Caras muito gatos com poderes alienígenas. O que mais se pode pedir? Ponto alto: Future Max; sempre que qualquer um deles se beija na Eraser Room. Ponto baixo: Quando aquela Tess horrorosa aparece. Ah, e quando foi cancelado.

### Buffy, a Caça-Vampiros

Lilly: *Crescimento do poder feminista em seu ápice; entretenimento dos melhores. A heroína é uma máquina de matar vampiros magra e malvada, que se preocupa demais com sua alma imortal, tanto quanto com*

198

*desarrumar seu cabelo. Um forte modelo de papel para jovens que negam sua feminilidade, e pessoas de ambos os sexos e todas as idades podem se beneficiar do ponto de vista deste programa. Tudo na televisão devia ser bom assim. O fato de que esse programa tem sido ignorado por tanto tempo pelos Emmys é uma vergonha.*

Mia: Se pelo menos a Buffy pudesse encontrar um namorado que não precisasse beber jarros de sangue para sobreviver. Ponto alto: sempre que há beijos. Ponto baixo: nenhum.

## Gilmore Girls

*Lilly: Retrato bem pensado de mãe solteira lutando para criar filha adolescente numa pequena cidade do noroeste.*

Mia: Muitos, muitos, muitos, muitos, muitos, muitos caras gatos. Além do mais é legal ver mães solteiras que dormem com o professor de seus filhos e ganham apoio em vez de sermões da Moral da Maioria.

## Charmed

*Lilly: Enquanto este programa pelo menos retrata primorosamente ALGUMAS típicas práticas Wicca, as falas que essas garotas dizem rotineiramente são completamente irreais. Você não pode, por exemplo, viajar através do tempo ou entre dimensões sem criar fendas na continuidade espaço-tempo. Estivessem essas garotas realmente se transportando para a América puritana do século XVII, elas iriam chegar lá com seus esôfagos rompidos por dentro, e não ordenadamente enfiadas num espartilho, já que ninguém pode viajar através de um buraco de minhoca e manter sua integridade corporal. É uma simples questão de física. Albert Einstein deve estar se revirando no túmulo.*

Mia: Aí, bruxas em roupas bacanas. Tipo Sabrina, que só é melhor porque os caras são mais gatos, e às vezes estão em perigo e as garotas têm de salvá-los.

# Quinta-feira, 22 de janeiro, S&J

Tina está com tanta raiva de Charlotte Brontë. Ela diz que *Jane Eyre* arruinou sua vida.

Ela anunciou isso na hora do almoço. Bem na frente de Michael, que não deveria saber sobre toda a história da técnica de Jane Eyre de não-correr-atrás-de-garotos, mas enfim. Ele garantiu que nunca leu esse livro, então acho que é certo que não sabia do que Tina estava falando.

Mesmo assim, foi meio triste. Tina disse que está desistindo de seus livros. Desistindo deles porque eles levaram ao fim de seu romance com Dave!

Nós estamos todas muito aborrecidas por ouvir isso. Tina *ama* ler romances. Ela lê mais ou menos um por dia.

Mas agora ela diz que, se não fosse pelos romances, ela, e não Jasmine, ia ao jogo dos Rangers com Dave Farouq El-Abar no sábado.

E o fato de eu falar que ela nem gosta de hóquei não pareceu ajudar muito.

Lilly e eu nos demos conta de que este era um momento crucial de crescimento na adolescência de Tina. Precisava ser mostrado a ela que Dave, e não Jane Eyre, era aquele que havia apertado o botão de ejetar em seu relacionamento... e que, quando analisada objetivamente, toda a situação era provavelmente para melhor. Era ridículo Tina culpar os romances pela sua infelicidade.

Então Lilly e eu rapidamente rabiscamos a seguinte lista, e presenteamos Tina com ela, na esperança de que ela veja o erro que está cometendo:

### LISTA DE MIA E LILLY DE HEROÍNAS ROMÂNTICAS E AS LIÇÕES VÁLIDAS QUE CADA UMA NOS ENSINOU

1. Jane Eyre de *Jane Eyre*:
   Mantenha suas convicções e você vencerá.
2. Lorna Doone de *Lorna Doone*:
   Provavelmente você pertence secretamente à realeza e é herdeira de uma fortuna, só que ninguém contou a você ainda (isso se aplica a Mia Thermopolis, também).
3. Elizabeth Bennet de *Orgulho e preconceito*:
   Garotos gostam de você quando você faz o tipo inteligente chata.
4. Scarlett O'Hara de *...E o vento levou*:
   Idem.
5. Lady Marian de *Robin Hood*:
   É uma boa ideia aprender a usar arco e flecha.
6. Jo March de *Mulherzinhas*:
   Sempre mantenha uma segunda cópia de seus manuscritos em caso de sua vingativa irmã menor jogar seu primeiro rascunho no fogo.
7. Anne Shirley de *Anne of Green Gables*:
   Uma palavra: Clairol.

8. Marguerite St. Just de *O pimpinela escarlate*:
   Confira os anéis de seu marido antes de se casar com ele.
9. Catherine, de *O morro dos ventos uivantes*:
   Não fique se fazendo de importante ou você também terá de vagar pelas charnecas depois de morta, solitária e com o coração partido.
10. Tess de *Tess d'Ubervilles*:
    Idem.


Tina, depois de ler a lista, admitiu em lágrimas que nós estávamos certas, que as heroínas românticas da literatura realmente eram amigas dela, e que ela não podia, em sã consciência, culpá-las. Nós estávamos simplesmente respirando aliviadas (a não ser Michael e Boris — eles estavam jogando no GameBoy de Michael) quando Shameeka fez um anúncio súbito, ainda mais chocante do que o de Tina:

"Estou me candidatando a animadora de torcida."

Nós ficamos, claro, abaladas. Não porque Shameeka daria uma animadora de torcida ruim — ela é a mais atlética de todas nós, e sabe quase tanto quanto Tina sobre moda e maquiagem.

Foi só que, como Lilly colocou tão diretamente, "Por que você ia querer fazer uma coisa *dessas*?"

"Porque", Shameeka explicou, "estou cansada de deixar Lana e as amigas dela me empurrarem por aí. Sou tão boa quanto qualquer uma delas. Por que eu não deveria me candidatar para o time, mesmo que não faça parte daquela galera? Eu tenho tanta chance de entrar no time quanto qualquer outra pessoa."

Lilly disse, "Apesar desta ser uma verdade incontestável, eu acho que devia alertar você: Shameeka, se você se candidatar a animadora de torcida, você pode realmente conseguir entrar no time. Você está preparada para se sujeitar à humilhação de bater palmas para Josh Richter enquanto ele persegue uma bola?"

"A animação de torcida tem sofrido, durante muitos anos, o estigma de ser inerentemente chauvinista", Shameeka disse. "Mas acho que a comunidade das animadoras de torcida em geral está marcando pontos em se afirmar como um esporte em crescimento, tanto para homens quanto para mulheres. É uma boa maneira de se manter ativa e saudável, combina duas coisas que amo demais: dança e ginástica, e vai parecer excelente em meus requerimentos para a universidade. Esta é, claro, a única razão por que meu pai está me deixando me candidatar. Isso e o fato de que George W. Bush foi animador de torcida. E que eu não poderei comparecer a nenhuma festa pós-jogo."

Eu não duvidei dessa última parte. O sr. Taylor, pai de Shameeka, era meio rígido.

Mas sobre o resto, bem, eu não tinha tanta certeza. Além do mais, sua fala parecia um pouco planejada e, bem, na defensiva.

"Isso significa que se você entrar no time", eu quis saber, "vai parar de almoçar com a gente e vai se sentar lá?"

Eu apontei para a longa mesa do outro lado do restaurante, na qual Lana e Josh e todos os seus comparsas na escola, seguidores incrivelmente bem penteados, se sentavam. O pensamento de perder Shameeka, que foi sempre tão elegante e ao mesmo tempo sensível, para o Lado Negro fez meu coração doer.

"Claro que não", Shameeka disse com desprezo. "Entrar na equipe de animadores de torcida da Escola Albert Einstein não vai mudar nem um pingo minha amizade com todas vocês. Eu ainda serei câmera de seu programa de televisão..." ela acenou para Lilly "...e sua parceira em Bio..." para mim "— e sua consultora de batons —" para Tina "...e sua modelo de retrato" para Ling Su. "Eu posso é não estar muito por perto, se entrar no time."

Nós todos ficamos sentados lá, refletindo sobre esta grande mudança que pode cair sobre nós. Se Shameeka entrasse para o time, seria, claro, um feito para todas as garotas esquisitas em toda parte. Mas também necessariamente iria nos roubar Shameeka, que seria forçada a passar todo o seu tempo livre praticando fazer abertura total das pernas e pegando o ônibus para Westchester para jogos com o Rye Country Day.

Mas havia ainda mais do que isso. Se Shameeka entrasse para o time de animadores de torcida, significaria que ela é boa em alguma coisa — REALMENTE REALMENTE boa em alguma coisa, não apenas um pouco boa em tudo, o que nós já sabíamos sobre ela. Se Shameeka se revelasse ser REALMENTE REALMENTE boa em algo, então eu seria a ÚNICA pessoa em nossa mesa de almoço sem um talento reconhecível.

E eu juro que não foi por esta razão apenas que eu desejei tão fervorosamente que Shameeka não entrasse para o time. Quer dizer, eu queria seriamente que conseguisse, se fosse realmente o que ela queria.

Só que... só que eu REALMENTE não quero ser a única que não tem um talento!!!! Eu REALMENTE REALMENTE não quero!!!!!!

O silêncio na mesa era palpável... bem, exceto pelo *bing-bing-bing* do jogo eletrônico de Michael. Garotos — até mesmo garotos aparentemente perfeitos como Michael — são imunes a coisas como climas.

Mas eu posso dizer a você, o clima deste ano até agora vem sendo muito ruim. Na verdade, se as coisas não começarem a acontecer logo, eu posso ter de reescrever esse ano inteiro de novo.

Ainda não tenho pistas para o que pode ser meu talento oculto. Uma coisa que tenho muita certeza é de que *não* é psicologia. Foi um trabalho duro fazer Tina desistir de desistir de seus livros! E nós não conseguimos convencer Shameeka a não tentar entrar no time de animadoras de torcida. Acho que posso ver por que ela quer fazer isso — quer dizer, pode ser um *pouco* engraçado.

Embora o motivo pelo qual qualquer pessoa de bom coração desejaria passar tanto tempo com Lana Weinberger está além da minha compreensão.

# Quinta-feira, 22 de janeiro, Francês

Mademoiselle Klein *não* está feliz com Tina e eu por termos matado aula ontem.

Claro que eu disse a ela que não matamos, que tivemos uma emergência médica que necessitou uma viagem até a Ho's em busca de Tampax, mas não tenho certeza de que Mademoiselle Klein acreditou em mim. Você poderia pensar que ela mostraria alguma solidariedade feminina com toda essa coisa de surfar-na-onda-vermelha, mas aparentemente não. Pelo menos ela não nos advertiu por escrito. Ela nos deixou sair com uma advertência e nos mandou fazer um ensaio de 500 palavras cada (em francês, claro) sobre a Linha Maginot.

Mas isso não é nem mesmo o tema sobre o qual quero escrever. O que eu quero escrever é isso:

MEU PAI MANDA!!!!!!

E não apenas do país, tampouco. Ele totalmente me tirou do baile preto e branco da Condessa!!!!!

O que aconteceu foi que — pelo menos de acordo com o sr. G, que simplesmente me pegou lá fora no hall e me informou — a discussão sobre os parquímetros finalmente havia sido interrompida (depois de 36 horas) e minha mãe finalmente conseguiu chegar até meu pai (aqueles a favor de instalar os parquímetros ganharam. É uma vitória para o meio ambiente, bem como para mim. Mas eu não posso me sentir totalmente vingada da ridicularização pós-apresentação-da-fala-para-meu-povo que eu aturei de Grandmère, devido ao fato de que o verdadeiro vencedor em tudo isso é a infraestrutura genoviana).

Enfim, meu pai totalmente disse que eu não tinha que ir à festa da condessa. Não apenas isso, mas ele disse que jamais tinha ouvido nada tão ridículo em sua vida, e que a única contenda que existia entre nossa família e a Família Real de Mônaco é com Grandmère. Aparentemente ela e a condessa vêm competindo entre si desde a Escola para Moças, e Grandmère só queria mostrar sua neta, sobre quem livros haviam sido escritos e filmes haviam sido feitos. Aparentemente a única neta da condessa vai estar também no baile, mas ela nunca teve um filme baseado em sua vida, e na verdade é meio tipo uma incompetente que foi expulsa da Escola para Moças por nunca ter aprendido a esquiar direito, ou algo assim.

Então estou livre! Livre para passar a noite de amanhã com meu único amor! Eu falei para o Michael sobre o gato-no-telhado por nada! Tudo vai fcar bem, apesar da falta de minha calcinha da sorte. Eu posso sentir isso em meus ossos.

Estou tão feliz que preciso escrever um poema. Vou escondê-lo de Tina, entretanto, porque é inadequado mostrar felicidade com sua boa sorte quando a sorte de outros está tão excessivamente desgraçada (Tina descobriu quem é Jasmine: uma garota que vai para a Trinity, com Dave. O pai é um xeique do petróleo também. Jasmine usa aparelho de águas-marinhas e seu apelido na internet é Euamo-Justin2345).

DEVER DE CASA
Álgebra: probls. no fim do cap. 11
Inglês: no diário, descrever sentimentos ligados à leitura de *The Bait* de John Donne
Bio: não sei, Shameeka está fazendo para mim

Saúde e Segurança: Capítulo 2, Perigos Ambientais e Você

S & T: descobrir talento oculto

Francês: Chapitre Onze, écrivez une narratif, 300 palavras, espaço dois, mais 500 plvs. de enrolação

Civ. Mundiais: 500 palavras, descrever as origens do conflito armênio

*Poema para Michael*

*Oh, Michael*
*Logo vamos estar estacionando*
*Na frente do Grand Moff Tarkin*
*Curtindo um moo shu vegetariano*
*Aos bips de R2-D2*
*E talvez até de mãos dadas*
*Enquanto olhamos as areias de Tatooine*
*E sabendo que nosso amor de longe*
*Tem mais poder de fogo que a Estrela da Morte*
*E embora eles possam explodir nosso planeta*
*E matar todas as criaturas nele*
*Como Leia e Han, nas estrelas acima,*
*Eles não poderão jamais destruir nosso amor—*
*Como a Millenium Falcon no hiperespaço*
*Nosso amor vai continuar a florescer e florescer.*

# Quinta-feira, 22 de janeiro, limusine a caminho de casa vindo de Grandmère

É preciso ser uma grande pessoa para se admitir que está errado — Grandmère foi quem me ensinou isso.

E se for verdade, então eu devo ser ainda maior do que meus um metro e oitenta centímetros. Porque eu estava errada. Eu estava errada a respeito de Grandmère. Todo esse tempo, quando pensei que ela era desumana e talvez até enviada de alguma nave-mãe alienígena para observar a vida neste planeta e depois reportá-la a seus superiores. É, mas acontece que Grandmère é realmente humana, exatamente como eu.

Como descobri isso? Como descobri que a princesa-mãe de Genovia não vendeu, afinal de contas, sua alma para o Príncipe das Trevas como eu sempre supus?

Entendi isso hoje quando entrei na suíte de Grandmère no Plaza, inteiramente preparada para brigar com ela sobre toda a história da condessa Trevanni. Eu ia falar tipo, "Grandmère, papai diz que não preciso ir, e adivinhe só, eu não vou."

Era isso o que eu ia dizer, de qualquer jeito.

Acontece que quando entrei e a vi, as palavras praticamente morreram em meus lábios. Porque Grandmère parecia ter sido atropelada por um caminhão! Sério. Ela estava sentada lá no escuro — ela tinha jogado uns lenços vermelhos sobre os abajures, porque ela disse que a luz estava machucando seus olhos — e ela nem estava vestida adequadamente. Ela estava com um robe de veludo, chinelos e tinha um cobertor de cashmere jogado sobre o colo e era só isso, e seu cabelo estava todo cacheado e se seus olhos não fossem tatuados, eu juro que estariam totalmente borrados. Ela nem estava tomando um Sidecar, seu drinque favorito, nem nada. Ela estava só sentada ali, com Rommel tremendo em seu colo, parecendo que a morte estava pairando acima. De Grandmère, não do cão.

"Grandmère", eu não consegui evitar de gritar, quando a vi. "Você está bem? Você está doente ou algo assim?"

Mas tudo o que Grandmère disse foi, numa voz tão diferente da dela, que normalmente é bem estridente, que eu mal pude acreditar que pertencia à mesma mulher. "Não, estou bem. Pelo menos vou ficar. Assim que conseguir superar a humilhação."

"Humilhação? Que humilhação?" eu me aproximei para me ajoelhar perto da poltrona. "Grandmère, você tem certeza de que não está doente? Você nem está fumando!"

"Vou ficar bem", ela disse, fracamente. "Vai demorar semanas antes que eu seja capaz de mostrar meu rosto em público. Mas sou uma Renaldo. Sou forte. Vou me recuperar."

Na verdade Grandmère tecnicamente só é uma Renaldo por casamento, mas naquela hora eu não ia discutir isso com ela, porque achei que havia algo muito errado, como se seu útero tivesse caído durante o banho ou algo assim (isso aconteceu com uma das mulheres do condomínio em Boca onde a avó de Michael e Lilly mora. Também aconteceu bastante com as vacas em *Todas as criaturas grandes e pequenas*).

"Grandmère", eu disse, meio que olhando em volta, para o caso de seu útero estar largado no chão em algum lugar, ou algo assim. "Você quer que eu chame um médico?"

"Nenhum médico pode curar o que eu tenho", Grandmère me assegurou. "Só estou sofrendo da mortificação de ter uma neta que não me ama."

Eu não fazia a menor ideia do que ela estava falando. É verdade que não gosto muito de Grandmère, às vezes. Às vezes até acho que a odeio. Mas não é que eu não a ame. Eu acho. Pelo menos eu nunca tinha dito isso na cara dela.

"Grandmère, do que você está falando? Claro que eu a amo..."

"Então por que você não vem comigo ao baile preto e branco da condessa Trevanni?", Grandmère gemeu.

Piscando rapidamente, eu só pude balbuciar: "O q-quê?"

"Seu pai diz que você não vai ao baile", Grandmère disse. "Ele diz que você não quer ir!"

"Grandmère", eu disse. "Você sabe que eu não quero ir. Você sabe que Michael e eu..."

"*Aquele rapaz!*" Grandmère gritou. "*Aquele rapaz* de novo!"

"Grandmère, pare de chamá-lo assim", eu disse. "Você sabe muito bem o nome dele."

"E eu suponho que este Michael..." Grandmère fungou "...é mais importante para você do que *eu*. Suponho que você considere que os sentimentos *dele* estão acima dos meus neste caso."

A resposta para isso era, claro, um ressonante *sim*. Mas eu não queria ser grosseira. Eu disse, "Grandmère, amanhã à noite é o nosso primeiro encontro. Meu e de Michael, quero dizer. É realmente importante para mim."

"E eu suponho que o fato de que era realmente importante para *mim* que você comparecesse a este baile — isso não tem importância?" Grandmère realmente olhou para mim por um instante de forma tão miserável que parecia até que estava com lágrimas nos olhos. Mas talvez fosse apenas uma ilusão de ótica por causa da luz que não estava muito clara. "O fato de que Elena Trevanni vive, desde que eu era uma garotinha, se mostrando superior a mim, porque ela nasceu numa família mais respeitável e aristocrática do que eu? De que até eu me casar com seu avô ela sempre teve roupas e sapatos e bolsas melhores do que meus pais podiam me dar? Que ela ainda acha que é tão melhor do que eu porque se casou com um *fiscal* que não tinha responsabilidades nem propriedades, apenas riqueza ilimitada, enquanto eu fui forçada a trabalhar como uma moura para fazer Genovia virar o paraíso de férias que é hoje? E que eu estava esperando que só desta vez, revelando a neta adorável e perfeita que eu tenho, eu poderia me mostrar superior a ela?"

Eu estava chocada. Eu não tinha ideia do motivo pelo qual este estúpido baile era tão importante para ela. Achei que era só porque ela queria tentar me separar de Michael, ou me fazer começar a gostar do príncipe René, para que nós dois pudéssemos unir nossas famílias no sagrado matrimônio algum dia e criar uma raça de super-reis. Nunca me havia ocorrido que devia haver alguma circunstância secreta, atenuante...

Como essa de que a condessa Trevanni era, em essência, a Lana Weinberger de Grandmère.

Porque era isso o que parecia. Como se Elena Trevanni tivesse torturado e provocado Grandmère tão impiedosamente quanto eu tinha sido torturada e provocada por Lana através dos anos.

Eu imaginei se Elena, como Lana, já havia sugerido a Grandmère que ela usasse Band-Aids nos peitos em vez de sutiã. Se ela tinha dito isso a Clarisse Renaldo, ela era uma alma muito, muito mais corajosa do que eu.

"E agora", disse Grandmère, muito tristemente, "eu tenho de dizer a ela que minha neta não me ama o suficiente para deixar de lado seu namorado novo nem por uma única noite."

Eu me dei conta, com o coração afundando, do que eu tinha que fazer. Quer dizer, eu sabia como Grandmère se sentia. Se houvesse alguma maneira — qualquer maneira mesmo — pela qual eu pudesse me mostrar superior a Lana — sabe, além de sair com o namorado dela, o que eu já tinha feito, mas aquilo tinha terminado *me* humilhando mais do que a ela — eu teria feito. Qualquer coisa.

Porque quando alguém é tão má e cruel e totalmente asquerosa como Lana é — não apenas comigo, também, mas com todas as garotas da Escola Albert Einstein que não foram abençoadas com beleza e espírito escolar — ela altamente merece ter seu nariz esfregado naquilo.

Era tão estranho pensar em alguém como Grandmère, que parecia tão incrivelmente segura de si mesma, tendo uma Lana Weinberger na vida dela. Quer dizer, eu sempre tinha retratado Grandmère como o tipo de pessoa que, se Lana jogasse seus longos cabelos louros sobre a carteira dela, iria para cima dela tipo *O tigre e o dragão* e daria com um vidro de Ferragamo na cara dela.

Mas talvez houvesse alguém de quem até mesmo Grandmère tivesse um pouco de medo. E talvez essa pessoa fosse a condessa Trevanni.

E apesar de não ser verdade que eu amo Grandmère mais do que amo Michael — eu não amo ninguém mais do que amo Michael, a não ser, claro, Fat Louie — eu realmente senti mais pena de Grandmère naquele momento do que de mim mesma. Sabe, se Michael terminasse me dispensando porque eu cancelei nosso encontro. Parece incrível, mas é verdade.

Então eu falei, mesmo sem acreditar que aquelas palavras estavam saindo de minha boca, "tudo bem, Grandmère, eu vou aparecer no seu baile".

Uma mudança miraculosa aconteceu com Grandmère. Ela parecia tão iluminada de novo.

"Verdade, Amelia?", perguntou, estendendo o braço para agarrar uma das minhas mãos. "Você realmente vai fazer isso por mim?"

Eu sabia que ia perder Michael para sempre. Mas tipo minha mãe tinha dito, se ele não entendesse, então ele provavelmente não era bom para mim a princípio.

Sou tão ingênua. Mas ela parecia tão feliz. Ela jogou para o lado o cobertor de cashmere — e Rommel — e chamou a empregada para trazer um Sidecar e seus cigarros, e aí nós passamos para a aula do dia — como pedir o número da companhia de táxi mais próxima em cinco línguas diferentes.

Tudo o que eu quero saber é: O quê.

Não o motivo pelo qual eu jamais precisaria chamar um táxi no Hindustão.

Eu quero dizer o que — O QUÊ????? — eu vou dizer a Michael? Quer dizer, falando sério. Se ele não me dispensar agora aí então tem alguma coisa errada com ele. E já que eu sei que não tem nada de errado com ele, eu sei que estou prestes a ser dispensada.

Motivo pelo qual eu posso dizer que NÃO HÁ JUSTIÇA NO MUNDO. NENHUMA.

Já que Lilly terá sua reunião no café da manhã com os produtores do filme da minha vida feito para a TV amanhã de manhã, acho que vou contar as novidades para Michael nessa hora. Assim ele pode terminar comigo a tempo da entrada na Sala de Estudos. Talvez aí eu tenha parado de chorar antes que Lana me veja no primeiro tempo de Álgebra. Não acho que serei capaz de suportar a gozação dela, depois de já ter tido meu coração arrancado de meu corpo e jogado sobre o chão.

Eu me odeio.

# Quinta-feira, 22 de janeiro, no loft

Eu vi o filme da minha vida. Minha mãe gravou para mim enquanto eu estava em Genovia. Ela achou que o sr. G tinha gravado um jogo dos Jets por cima, mas acabou que ele não tinha.

O cara que faz o Michael era totalmente gato. No filme, ele e eu terminamos juntos no final.

Muito ruim que na vida real ele vá terminar comigo amanhã... mesmo que Tina não ache isso.

Isso é muito legal da parte dela e tudo, mas o fato é que ele vai totalmente fazer isso. Quer dizer, realmente é uma questão de orgulho. Se uma garota com quem você está ficando há 34 dias cancela seu primeiro encontro de verdade, você realmente não tem escolha a não ser terminar com ela. Quer dizer, eu totalmente entendo. *Eu* terminaria comigo. É claro agora que adolescentes da realeza não podem ser como os outros. Quer dizer, para pessoas como eu e o príncipe William, o compromisso tem sempre que vir antes. Quem será capaz de entender isso, quanto mais de lidar com isso?

Tina diz que Michael pode e vai. Tina diz que Michael não vai terminar comigo porque ele me ama. Eu disse sim, ele vai, porque ele só me ama como amiga.

"É claro que Michael ama você mais do que como amiga", Tina fica dizendo no telefone. "Quer dizer, vocês se beijaram!"

"É", eu disse. "Mas Kenny e eu também nos beijamos e eu não gostava dele mais do que como amigo."

"Essa é uma situação completamente diferente", Tina diz.

"Por quê?"

"Porque você e Michael foram feitos para ficar juntos!" Tina parecia exasperada. "Seu mapa astral diz isso! Você e Kenny nunca foram feitos um para o outro, ele é de Câncer."

Apesar das previsões astrológicas de Tina, não há prova de que Michael sinta algo mais forte por mim do que, por exemplo, por Judith Gershner. Sim, ele me escreveu aquele poema que mencionava a palavra com A. Mas aquilo foi há um mês inteiro, período durante o qual eu estava em outro país. Ele não tinha renovado nenhum desses votos desde a minha volta. Eu acho totalmente que amanhã será a gota d'água para o cara. Quer dizer, por que Michael iria perder seu tempo com uma garota como eu, que não pode nem mesmo resistir a sua própria avó? Tenho certeza de que se a avó de Michael ficasse toda "Michael, você tem que ir ao Bingo comigo na sexta à noite, porque Olga Krakowsky, minha rival de infância, estará lá, e eu quero exibir você a ela", ele teria dito: "Desculpe, vó, não posso."

Não, sou eu que não tenho personalidade.

E sou eu que devo sofrer por isso agora.

Imagino se é muito tarde no ano escolar para me transferir. Porque realmente não acho que posso continuar indo à mesma escola que Michael depois que terminarmos. Vê-lo nos corredores entre as aulas, no almoço e em S & T, sabendo que ele uma vez foi meu, mas que eu o perdi, pode simplesmente me matar.

Mas há outra escola em Manhattan que possa receber um lixo sem personalidade e sem talento como eu? Duvido.

*Para Michael*

*Oh, Michael, meu único e verdadeiro amor*
*Nós temos tantos novos prazeres ainda para provar*
*Mas eu perdi você devido a minha personalidade faltar*
*E agora, através dos anos, me consumir por você eu vou.*

# Sexta-feira, 23 de janeiro,
# Sala de Estudos

Bem. É isso. Falei a ele.

Ele não terminou comigo. Ainda. Na verdade, ele foi meio bacana com a coisa toda.

"Não, de verdade, Mia", foi o que ele disse. "Eu entendo. Você é uma princesa. Primeiro o compromisso."

Talvez ele só não quisesse terminar comigo na escola, na frente de todo mundo?

Eu disse a ele que eu tentaria sair do baile mais cedo se pudesse. Ele disse que, se eu saísse, eu devia dar uma passada. No apartamento dos Moscovitzes, quero dizer.

Sei o que isso significa, claro:

Que ele vai terminar comigo lá.

AI, MEU DEUS, O QUE HÁ DE ERRADO COMIGO????? Eu conheço Michael há anos e anos. Ele NÃO é o tipo de cara que terminaria com uma garota só porque ela tem uma obrigação de família que pode ser mais importante do que um encontro com ele. ELE NÃO É ASSIM. É POR ISSO QUE O AMO.

Mas por que não consigo parar de pensar que a única razão pela qual ele não terminou comigo bem ali naquela hora é porque ele não podia fazer isso na minha limusine, em frente ao meu guarda-costas e ao meu motorista? Quer dizer, por tudo o que Michael sabe, Lars pode ser treinado para bater em garotos que tentam terminar comigo na frente dele.

EU TENHO QUE PARAR COM ISSO. MICHAEL NÃO É DAVE FAROUQ EL-ABAR. Ele NÃO vai terminar comigo por causa disso.

Mas por que eu sinto como se soubesse agora como Jane Eyre deve ter se sentido quando soube a verdade sobre Bertha no dia de seu casamento? Não, Michael não tem uma esposa, que eu saiba. Mas é inteiramente possível que meu relacionamento com ele, como o de Jane com o sr. Rochester, vá chegar a um fim. E eu não consigo pensar em nada na Terra que possa jamais reparar isso. Quer dizer, é possível que hoje à noite, quando eu passar na casa dos Moscovitzes, o apartamento esteja pegando fogo, e eu seja capaz de provar a mim mesma que mereço o amor de Michael salvando a mãe dele de forma totalmente abnegada, ou talvez seu cachorro, Pavlov, do fogo.

Mas se não for por isso, eu não nos vejos voltando a ficar juntos. É claro que vou dar o presente de aniversário dele, porque eu passei por toda aquela confusão para roubá-lo para ele.

Mas eu sei que isso não vai adiantar nada.

O que está ERRADO comigo???? Isso deve ser TPM, porque se é assim que o amor é o tempo todo, eu não quero mais amar ninguém!!!!!!!!!!!!!!!!!!!!!!!!!!

# Sexta-feira, 23 de janeiro, ainda na Sala de Estudos

Eles acabam de anunciar o nome do mais novo membro do time oficial de animadores de torcida junior da Escola Albert Einstein. É Shameeka Taylor.

Ótimo. Muito ótimo. Então é isso. Eu sou agora oficialmente a única pessoa que conheço que não tem absolutamente nenhum talento discernível.

Sou um lixo completo.

# Sexta-feira, 23 de janeiro, álgebra

Michael não passou aqui entre as aulas. É o primeiro dia em toda a semana que ele não deu uma passada para dizer oi no caminho para a Aula Avançada de Inglês, três salas adiante desta.

Estou totalmente tentando não levar para o lado pessoal, mas há esta pequena voz dentro de mim falando, *É isso! Acabou! Ele está terminando com você!*

Tenho certeza de que Kate Bosworth nem tem uma voz como essa morando dentro dela. POR QUE eu não podia ter nascido Kate Bosworth em vez de mim, Mia Thermopolis?

Para tornar as coisas piores — como se eu pudesse mesmo ligar para coisas tão triviais — Lana acaba de se virar para sussurrar, "Não pense que só porque sua amiguinha entrou para o time alguma coisa vai mudar entre nós, Mia. Ela é uma esquisitinha tão patética quanto você. Só deixaram ela entrar no time para preencher nossa cota de aberrações."

Então ela virou sua cabeça de novo — mas não tão rápido quando devia. Porque um monte de cabelos dela ainda estava espalhado sobre minha mesa.

E quando eu fechei meu livro de Álgebra I-II o mais forte que pude — que foi o que fiz em seguida —, um monte de suas mechas sedosas, cheirando a *awapuhi*, ficaram presas entre as páginas 210 e 211.

Lana gritou de dor. O sr. G, no quadro-negro, virou-se, viu de onde o grito estava vindo e suspirou:

"Mia", ele disse, cansado. "Lana. O que foi agora?"

Lana apontou um dedo indicador em minha direção. "Ela fechou o livro nos meus cabelos!"

Eu dei de ombros, inocente. "Eu não sabia que os cabelos dela estavam em meu livro. Por que ela não consegue manter os cabelos perto dela, por sinal?"

O sr. Gianini pareceu chateado. "Lana", ele disse. "Se você não consegue manter seus cabelos sob controle, eu recomendo tranças. Mia, não feche seu livro com força. Ele deveria estar aberto na página dois onze, onde eu quero que você leia a Seção Dois. Em voz alta."

Eu li em voz alta a Seção Dois, mas não sem uma certa afetação. Por uma vez, com Lana, a vingança tinha sido minha, e eu NÃO tinha sido mandada à sala da diretora. Ai, foi doce. Doce, doce vingança.

Embora eu nem saiba porque eu tenha que aprender essas coisas. O Palácio de Genovia está cheio de empregados imbecis que estão simplesmente morrendo de vontade de multiplicar frações para mim.

Polinômios
termo: variável(is) multiplicada por um coeficiente

monômio: Polinômio c/ um termo
binômio: polinômio c/ dois termos
trinômio: polinômio c/três termos

Grau de polinômio = grau do termo com o mais alto grau

Em minha delícia com a dor que eu tinha levado à minha inimiga, eu quase esqueci do fato de que meu coração está partido. Devo manter em mente que Michael vai terminar comigo depois do baile preto e branco de hoje à noite. Por que eu não consigo ME CONCENTRAR???? Deve ser o amor. Estou doente com isso.

# Sexta-feira, 23 de janeiro,
# Saúde e Segurança

*Por que você está com essa aparência de que acabou de comer uma meia?*

Não estou. Como foi sua reunião de café da manhã?

*Você está sim. O encontro foi ÓTIMO.*

Verdade? Eles concordaram em publicar uma carta de desculpas de página inteira na *Variety*?

*Não, melhor. Alguma coisa aconteceu entre você e meu irmão? Porque eu o vi parecendo todo furtivo no corredor bem agora.*

FURTIVO? Furtivo como? Como se estivesse procurando Judith Gershner para convidá-la para sair hoje à noite????

*Não, mais como se estivesse procurando um telefone público. Por que ele convidaria Judith Gershner? Quantas vezes tenho que dizer a você, ele gosta de você, não de J.G.*

Ele gostava de mim, você quer dizer. Antes de eu ser forçada a cancelar nosso encontro hoje à noite porque Grandmère está me forçando a ir a um baile.

*Um baile? Fala sério. Ugh. Mas me desculpe. Michael não vai convidar outra garota para sair com ele hoje à noite só porque você não pode ir. Quer dizer, ele estava realmente esperando para sair com você. Não só por razões concupiscentes, inclusive.*

VERDADE????

*É, sua fracassada. O que você acha? Quer dizer, vocês estão juntos.*

Mas é exatamente isso. Nós não estamos. Saindo juntos ainda, quer dizer.

*E daí? Vocês vão sair alguma hora quando você não tiver um baile para ir.*

Você não acha que ele vai terminar comigo?

*Ah, não, a menos que algo pesado tenha caído na cabeça dele entre agora e a última vez que o vi. Caras com perda cerebral geralmente não podem ser responsabilizados por suas ações.*

Por que algo pesado cairia na cabeça dele?

*Estou sendo chistosa. Você quer saber sobre minha reunião, ou não?*

Quero. O que aconteceu?

*Eles me disseram que querem representar meu programa.*

227

O que isso significa?

*Significa que eles vão levar* Lilly Tells It Like It Is *por aí para as emissoras para ver se alguém quer comprar. Para ser um programa de verdade. Num canal de verdade. Não tipo canal público. Tipo ABC ou Lifetime ou VH1 ou algo assim.*

Lilly!!!! ISSO É TÃO MARAVILHOSO!!!!

*Sim, eu sei. Oops, tenho que ir. Wheeton está olhando para cá.*

Anotação pessoal: procurar palavras *concupiscente* e *chistosa.*

# Sexta-feira, 23 de janeiro, S & T

O almoço foi simplesmente uma grande celebração hoje. Todo mundo tinha alguma coisa para ficar feliz:

- Shameeka, por entrar para o time das animadoras de torcida e marcar um ponto para todas as garotas grandes e esquisitas em toda parte (mesmo que, claro, Shameeka pareça uma supermodelo e possa passar as duas coxas em torno da cabeça, mas que seja).
- Lilly, por ter seu programa de TV representado.
- Tina, por finalmente decidir desistir de Dave mas não dos romances em geral e seguir em frente com sua vida.
- Ling Su, por conseguir colocar seu retrato de Joe, o leão de pedra, na feira de arte da escola.
- E Boris por simplesmente, bem, ser Boris. Boris está sempre feliz.

Você pode notar que não mencionei Michael. É porque eu não sei qual era o estado mental de Michael no almoço, se ele estava ou não feliz ou triste ou concupiscente ou o que seja. É porque Michael não apareceu para almoçar. Ele disse, quando passou voando pelo meu armário antes do quarto período, "Aí, eu tenho umas coisas pra fazer, vejo você na S & T, valeu?"

*Umas coisas pra fazer.*

Eu devia, claro, simplesmente perguntar a ele. Eu devia simplesmente falar tipo, "Olha, você vai terminar comigo por causa disso ou o quê?" Porque eu realmente gosto de saber, de um jeito ou de outro.

Só que eu não posso simplesmente ir lá e perguntar a Michael qual é a parada entre a gente, porque bem agora ele está ocupado com Boris, tratando das coisas da banda. A banda de Michael é composta de (até agora) Michael (baixo), Boris (violino elétrico), aquele cara grande, Paul, do Clube de Computação (teclados), o cara da banda da Associação de Saúde e Ciências Ambientais chamado Trevor (guitarra) e Felix, aquele cara do décimo segundo ano de aparência assustadora, com uma barbicha que é mais espessa do que a do sr. Gianini (bateria). Eles ainda não têm um nome para a banda, ou um lugar para ensaiar. Mas eles parecem achar que o sr. Kreblutz, o inspetor, vai deixá-los entrar nas salas de ensaio de música nos fins de semana se eles conseguirem ingressos para o Westminster Kennel Show do mês que vem para ele. O sr. Kreblutz é um grande fã do *bichon-frise*.

O fato de que Michael possa se concentrar em toda essa história da banda enquanto nosso relacionamento está em ruínas é só uma prova a mais de que ele é um verdadeiro músico, totalmente dedicado a sua arte. Eu, sendo a aberração sem talento que sou, não posso, é claro, pensar em nada mais *além* de meu coração partido. A habilidade de Michael de ficar concentrado apesar de qualquer sofrimento pessoal que possa estar tendo é evidência de seu gênio.

Ou isso ou ele nunca ligou tanto assim para mim antes.

Prefiro acreditar na primeira hipótese.

Ah, quisera ter algum tipo de válvula de escape, como música, na qual pudesse lançar o sofrimento que estou sentindo agora. Mas infelizmente não sou artista. Só tenho que ficar sentada aqui num sofrimento silencioso, enquanto em torno de mim mais almas talentosas expressam sua angústia mais íntima através de música, dança e filmes.

Bem, tudo bem, só através de filmes, já que não há cantores ou dançarinos no quinto período de S & T. Em vez disso nós temos apenas Lilly, organizando o que ela está chamando de seu episódio quintessencial de *Lilly Tells it Like it Is,* um programa que vai explorar a fraqueza degradante daquela instituição americana conhecida como Starbucks. Lilly alega que o Starbucks, através da apresentação do cartão Starbucks (com o qual os viciados em cafeína podem pagar por seu vício eletronicamente) é realmente um braço secreto da CIA que está rastreando os movimentos da intelligentsia americana — escritores, editores e outros conhecidos agitadores liberais — através de seu consumo de café.

Enfim. Eu nem gosto de café.

Ai, droga. O sinal.


DEVER DE CASA

Álgebra: não estou nem aí

Inglês: tudo mal

Bio: Odeio a vida

Saúde e Segurança: o sr. Wheeton está apaixonado, também. Eu devia alertá-lo para sair fora agora, enquanto é tempo

S & T: eu nem devia estar nessa aula

Francês: Por que esta língua existe? Todo mundo lá fala inglês, mesmo

Civ. Mundiais: O que importa? Todos vamos morrer mesmo

# Sexta-feira, 23 de janeiro, 6 da tarde, Suíte de Grandmère no Plaza

Grandmère me fez vir aqui direto depois da escola para que Paolo pudesse começar a nos preparar para o baile. Eu não sabia que Paolo atendia em domicílio, mas aparentemente atende. Só a realeza, ele me assegurou, e, claro, Madonna.

Eu expliquei a ele que estou deixando meus cabelos crescerem por conta de garotos gostarem de cabelos longos mais do que de curtos, e Paolo fez alguns barulhos tipo tut-tut-tut, mas jogou um gel neles para tentar se livrar do formato triangular, e acho que funcionou, porque meus cabelos parecem muito bem. Eu toda pareço muito bem. Por fora, claro.

É horrível que por dentro eu esteja completamente destruída.

Estou tentando não mostrar isso, entretanto. Sabe, porque quero que Grandmère ache que estou me divertindo. Quer dizer, só estou fazendo isso por ela. Porque ela é uma velha, é minha avó e fez campanha contra os nazistas e tudo isso, motivo pelo qual alguém deve dar a ela algum apoio.

Só espero que algum dia ela aprecie isso. Meu supremo sacrifício, quero dizer. Mas duvido que ela jamais o faça. Senhoras de setenta e poucos anos — particularmente princesas-mães — nunca parecem se lembrar de como era ter quatorze anos e estar apaixonada.

Bem, acho que é hora de ir. Grandmère está com um vestido colante preto com glitter por toda parte. Ela parece Diana Ross. Só que sem sobrancelhas. E velha. E branca.

Ela diz que pareço um floco de neve. Hmmm, exatamente o que sempre quis, parecer um floco de neve.

Talvez seja esse meu talento oculto. Tenho a habilidade maravilhosa de me parecer com um floco de neve.

Meus pais devem estar tão orgulhosos.

# Sexta-feira, 23 de janeiro, 8 da noite, banheiro da mansão da condessa Trevanni na Quinta Avenida

Isso aí. No banheiro. No banheiro mais uma vez, onde eu sempre pareço terminar nos bailes. Por que isso?

O banheiro da condessa é um tanto quanto exagerado. É bonito e tudo, mas não sei se eu teria escolhido castiçais de parede reluzentes como parte da decoração de meu banheiro. Quer dizer, nem no palácio nós temos castiçais de parede reluzentes. Embora pareça muito romântico e com cara de *Ivanhoé* e tal, é realmente uma ameaça muito séria de incêndio, além de ser provavelmente um risco para a saúde, considerando os carcinógenos que devem estar soltando.

Mas enfim. Esta não é nem mesmo a questão — por que qualquer pessoa teria castiçais de parede reluzentes no banheiro. A questão, na verdade, é essa: se eu descendo supostamente de todas aquelas mulheres fortes — sabe, Rosagunde, que estrangulou o militar com suas tranças, e Agnes, que pulou daquela ponte, sem mencionar Grandmère, que teria impedido os nazistas de destruírem Genovia recebendo Hitler e Mussolini para um chá — porque será que sou tão ingênua?

Quer dizer, sério. Eu caí totalmente na história de Grandmère querer aparecer para Elena Trevanni com sua neta bonita e perfeita — é, e parecendo um floco de neve. Eu realmente tive pena dela. Eu senti simpatia por Grandmère, sem me dar conta então — como me dou agora — de que Grandmère é completamente desprovida de emoção humana, e que toda aquela coisa era só um truque para me enganar para que eu pudesse vir para que ela pudesse me mostrar por aí como NOVA NAMORADA DO PRÍNCIPE RENÉ!!!!!!!!!!!!!!!!!!!

Para seu crédito, René parece não saber nada sobre isso também. Ele pareceu tão surpreso quanto eu quando Grandmère me apresentou a sua suposta arquirrival, que, graças ao talento de seu cirurgião plástico, parece uns 30 anos mais nova que Grandmère, embora supostamente elas tenham a mesma idade.

Mas acho que a Condessa talvez tenha ido um pouco longe demais com essa história de cirurgia — é tão difícil saber quando dizer chega. Quer dizer, veja o pobre Michael Jackson — porque ela realmente parece, como Grandmère disse, um peixe estrábico. Como se seus olhos estivessem tipo meio separados, por conta de a pele em torno deles estar esticada demais.

Quando Grandmère me apresentou — "Condessa, deixe-me apresentá-la a minha neta, princesa Amelia Mignonette Grimaldi Renaldo" (ela sempre deixa o Thermopolis de fora) —, achei que tudo ia dar certo. Bem, nem tudo, claro, já que diretamente depois do baile eu sabia que ia até a casa da minha melhor amiga e talvez-possivelmente-provavelmente seria dispensada pelo irmão dela. Mas você sabe, tudo no baile.

Mas aí Grandmère acrescentou, "E claro que você conhece o amado dela, o príncipe Pierre René Grimaldi Alberto."

Amado? AMADO??? René e eu trocamos olhares rápidos. Foi só então que notei que, de pé bem ao lado da condessa, estava uma garota que tinha de ser a neta dela, aquela que tinha sido expulsa da escola para moças. Ela era meio infeliz e com olhar triste, embora seu vestido colante negro fosse exatamente o que eu teria gostado de usar para o baile de fim de ano da escola — se jamais tivessem me perguntado. Mesmo assim, ela não o estava usando com muita confiança.

Então, enquanto eu ficava ali em pé, totalmente vermelha no rosto, e provavelmente não parecendo mais um floco de neve e sim uma daquelas bengalas doces, a condessa inclinou a cabeça para poder me ver e falou, "Então esse patife do René finalmente foi pescado, e por *sua* neta, Clarisse. Como isso deve ser satisfatório para você."

Aí a condessa lançou para sua própria neta — que ela me apresentou como Bella — um olhar de pura malevolência que fez Bella se encolher.

E me dei conta de uma vez do que, exatamente, estava acontecendo.

Aí Grandmère disse, "Não é, então, Elena?", e aí para René e a mim ela falou, "Venham, crianças", e nós a seguimos, René parecendo se divertir, mas eu? Eu estava *fervendo!*

"Não consigo acreditar que você fez isso", eu gritei, assim que estávamos fora da área de escuta da condessa.

"Fiz o quê, Amelia?", Grandmère perguntou, cumprimentando com a cabeça um cara num traje tradicional africano.

"Disse àquela mulher que René e eu estamos namorando", eu disse, "quando certamente nós não estamos. Eu sei que você só fez isso para me fazer parecer melhor do que a pobre Bella."

"René", Grandmère disse, docemente. Ela pode ser muito doce quando quer. "Seja um anjo e veja se você pode conseguir algum champanhe para nós, você faria isso?"

René, ainda parecendo cinicamente divertido — da maneira que Enrique sempre parece nos comerciais de Doritos — afastou-se em busca de bebida.

"Realmente, Amelia", Grandmère disse, quando ele saiu. "Você precisa ser tão rude com o pobre René? Só estou tentando fazer seu primo se sentir bem-vindo e em casa."

"Há uma diferença", eu disse, "entre fazer meu primo se sentir bem e querido e tentar fingir que ele é meu namorado!"

"Bem, o que há de tão errado com René, afinal?" Grandmère quis saber. Em torno de nós, pessoas elegantes de fraque e trajes de noite estavam se dirigindo ao salão de dança, onde uma orquestra inteira estava tocando aquela música que Audrey Hepburn cantava naquele filme sobre a Tiffany's. Todo mundo estava vestido de branco ou preto ou ambos. O salão de baile da condessa guardava uma semelhança significante com a área dos pinguins do zoológico do Central Park, onde eu uma vez tinha enchido meus olhos de lágrimas depois de descobrir a verdade sobre meus ancestrais.

"Ele é extremamente charmoso", Grandmère prosseguiu, "e bastante cosmopolita. Sem mencionar essa beleza diabólica. Como possivelmente você pode preferir um garoto da escola a um *príncipe?*"

"Porque, Grandmère", eu disse. "Eu o amo."

"Amor", Grandmère disse, olhando para o alto teto de vidro sobre nossas cabeças. "*Pfuit!*"

"É, Grandmère", eu disse. "Eu amo. Da maneira que você amou Grandpère — e não tente negar isso, porque eu sei que você amou. Agora você tem que parar de guardar no seu coração um desejo secreto de tornar o príncipe René o marido da sua neta, porque isso não vai acontecer."

Grandmère pareceu suavemente inocente. "Não sei o que você quer dizer", ela disse, fungando.

"Corta essa, Grandmère. Você quer que eu fique com o príncipe René, por nenhuma outra razão além de ele ser da realeza e de que isso vai fazer a condessa se sentir mal. Bem, isso não vai acontecer. Mesmo se Michael e eu terminarmos..." o que pode possivelmente acontecer mais cedo do que ela pensa "...não vou ficar com *René!*"

Grandmère finalmente começou a parecer que estava acreditando em mim. "Bem", ela disse, sem muita boa vontade. "Vou parar de chamar René de seu amado. Mas você deve dançar com ele. Pelo menos uma vez."

"Grandmère." A última coisa no mundo que eu queria era dançar. "Por favor. Não hoje. Você não sabe..."

"Amelia", Grandmère disse, num tom de voz diferente do que ela usava quase sempre. "Uma dança. Isso é tudo o que estou pedindo. Acredito que você deva isso a mim."

"Eu devo isso a *você?*" Não pude evitar de cair na gargalhada com essa. "Como assim?"

"Oh, só por causa de uma coisinha", Grandmère disse, toda inocente, "que recentemente se descobriu ter sido tirada do museu do palácio."

Todo o meu espírito guerreiro dos Renaldo saiu correndo pelas portas francesas da condessa para o pátio dos fundos quando ouvi isso. Senti como se alguém tivesse dado um soco no meu estômago de floco de neve. Grandmère realmente tinha dito o que eu *achei* que ela tinha dito???

Engolindo em seco, eu falei, "O q-quê?"

"É". Grandmère me olhou significativamente. "Um objeto que não tem preço — apenas um, retirado de um grupo de muitos itens, quase idênticos, e que foram dados a mim por meu muito querido amigo, o sr. Richard Nixon, o falecido ex-presidente americano — foi dado como desaparecido. Eu percebo que a pessoa que o pegou achou que jamais sentiriam falta dele, porque não era o único item daqueles, e eles todos se pareciam muito. Acontece que aquilo tinha grande valor sentimental para mim. Dick era um amigo tão doce e querido para Genovia enquanto esteve trabalhando, até acontecerem todos aqueles problemas. *Mas você não saberia nada sobre qualquer uma dessas coisas, saberia, Amelia?*"

Ela me tinha nas mãos. Ela me tinha nas mãos e sabia disso. Não sei como ela soube — indubitavelmente através de magia negra, no que eu suspeito que Grandmère é bem versada —, mas claramente ela sabia. Eu estava morta. Estava totalmente, totalmente morta. Não sei se, sendo um membro da família real e tudo, estaria acima da lei em Genovia, mas eu preferia não ter que descobrir daquela vez.

Eu devia, me dou conta agora, ter simplesmente fingido. Eu devia ter ficado toda "objeto sem preço? Que objeto sem preço?".

Mas eu sabia que não era bom mentir. Minhas narinas iriam me entregar. Em vez disso eu falei, naquela voz estridente e elevada que mal reconheci como sendo minha. "Sabe, Grandmère? Eu ficarei feliz em dançar com René. Sem problemas!"

Grandmère pareceu extremamente satisfeita. Ela disse, "É, eu achei que você se sentiria assim." Aí suas sobrancelhas pintadas a lápis se levantaram. "Oh, veja, aí está o príncipe René com nossas bebidas. Educado da parte dele, você não acha?"

Enfim, foi assim que aconteceu que eu fui forçada a dançar com o príncipe René — que é um bom dançarino, mas não importa, ele não é Michael. Quer dizer, ele nunca nem viu *Buffy a caça-vampiros* e ele acha que o Windows é muito excelente.

Enquanto estávamos dançando, entretanto, aconteceu uma coisa incrível. René falou, "Você pode acreditar nessa Bella Trevanni? Olhe para ela, lá. Parece uma planta que alguém esqueceu de regar."

Eu olhei em volta para ver do que ele estava falando, e sem dúvida, lá estava a pobre e triste Bella, dançando com algum cara mais velho que devia ser um amigo da avó dela. Ela parecia extremamente sofrida, como se o cara velho estivesse falando a ela sobre sua carteira de investimentos ou algo assim. Mas aí, com alguém como a condessa como avó, talvez sofrida fosse uma expressão que Bella usava o tempo todo. E meu coração se encheu de simpatia por ela, porque eu sei muito bem como é estar em algum lugar que você não quer estar, dançando com alguém que você não gosta...

Eu olhei para René e disse, "Quando essa música acabar, você convida ela para a próxima."

Foi a vez de René de parecer sofrido. "Eu?"

"Vamos lá, René", eu disse, severamente. "Chama ela para dançar. Vai ser a emoção da vida dela ser convidada para dançar por um príncipe bonito."

"Mas não tão bonito para você, hein?", René disse, ainda com aquele seu sorriso cínico.

"René", eu disse. "Sem ofensa. Mas eu já conheci meu príncipe, muito antes sequer de conhecer você. O único problema é que, se eu não sair daqui logo, eu não sei quanto tempo ele vai ser meu príncipe, porque eu já perdi o filme que devíamos ver juntos e muito em breve vai ser muito tarde até para eu passar por lá..."

"Não tema, sua Alteza", René disse, girando comigo. "Se escapar do baile é o seu desejo, eu vou cuidar para que seu desejo seja atendido."

Eu olhei para ele meio em dúvida. Quer dizer, por que René estava sendo tão bacana comigo de repente? Talvez pela mesma razão que eu queria que ele dançasse com Bella? Porque ele sentia pena de mim?

"Hum", eu disse. "Tudo bem."

E foi assim que eu acabei neste banheiro. René me disse para me esconder, que ele ia buscar Lars para arranjar um táxi e assim que ele tivesse conseguido um e o caminho estivesse livre, René ia bater três vezes, assinalando que Grandmére estava muito ocupada com outras coisas para notar minha deserção. René prometeu que aí ia dizer a ela que eu devia ter comido uma trufa estragada, já que eu parecia enjoada, e Lars tinha me levado para casa.

Não importa, claro. Nada disso, quero dizer. Porque eu simplesmente vou chegar na casa de Michael a tempo de ele me dispensar. Talvez ele se sinta mal com isso, sabe, depois de eu ter dado a ele seu presente de aniversário. Mas e daí, talvez ele simplesmente fique feliz em se ver livre de mim. Quem sabe? Eu já desisti de tentar entender os homens. Eles são uma raça diferente.

Oops, aí está a batida de René. Tenho que ir.

Para encontrar meu destino.

# Sexta-feira, 23 de janeiro, 11 da noite, No banheiro dos Moscovitzes

Agora eu sei como Jane Eyre deve ter se sentido quando ela voltou a Thornfield Hall para encontrá-la toda queimada e destruída e todo mundo dizendo a ela que todo mundo dentro dela foi morto pelo fogo.

Só que aí ela descobriu que o sr. Rochester não morreu, e Jane ficou, tipo assim, superfeliz, porque, sabe, apesar do que ele tentou fazer com ela, ela o ama.

É assim que me sinto bem agora. Superfeliz. Porque eu certamente não acho que Michael vai terminar comigo afinal de contas!!!!

Não que eu jamais tenha pensado que ele ia... bem, não REAL-MENTE. Porque ele NÃO É esse tipo de cara. Mas eu fiquei real-mente, realmente assustada que ele pudesse terminar quando eu estava do lado de fora do apartamento dos Moscovitzes, sabe, com meu dedo na campainha. Eu fiquei lá pensando, *Por que estou fazendo isso? Estou simplesmente entrando de cabeça num coração partido. Eu devia me virar e fazer Lars conseguir outro táxi e simplesmente voltar para o loft.* Eu nem tinha me importado em trocar meu estúpido traje de baile, porque qual era o motivo? Eu ia simplesmente estar a caminho de casa em poucos minutos de qualquer forma, e eu podia trocar de roupa lá.

Então estou parada lá no saguão, e Lars está atrás de mim falando sobre sua estúpida caça de javalis em Belize, porque isso é tudo sobre o que ele fala de qualquer maneira, e eu ouço Pavlov, o cachorro de Michael, latindo porque tem alguém na porta, e estou falando, dentro da minha cabeça, *Tudo bem, quando ele terminar comigo, eu NÃO vou chorar. Vou lembrar de Rosagunde e Agnes, e vou ser forte como elas foram fortes...*

E aí Michael abriu a porta. Ele pareceu meio surpreso com a minha aparência, dava para ver. Eu achei que talvez fosse porque ele não contasse com a possibilidade de ter que terminar com um floco de neve. Mas não havia nada que eu pudesse fazer a respeito, embora eu realmente tenha me lembrado no último minuto que eu ainda estava usando minha tiara, o que eu suponho que deva intimidar, sabe, alguns caras.

Então eu a tirei e falei, "Bem, estou aqui", o que é uma coisa muito boba para se dizer, porque, bem, dã, eu estava de pé ali, não estava?

Mas Michael meio que pareceu se recuperar. Ele falou, "Ah, oi, entra, você está... você está muito bonita", o que claro é exatamente o tipo de coisa que um cara que está prestes a terminar com você diz, sabe, para meio que inflar seu ego antes que ele o esmague entre os calcanhares.

Mas enfim, eu entrei, e Lars também, e Michael falou, "Lars, minha mãe e meu pai estão na sala assistindo a *Dateline*, se você quiser se juntar a eles", o que Lars totalmente fez, porque dava para ver que ele não queria ficar por perto e ouvir o Grande Término.

Aí Michael e eu ficamos sozinhos no foyer. Eu estava girando minha tiara nas mãos, tentando pensar no que dizer. Eu estava tentando pensar no que dizer em todo o caminho até lá no táxi, mas eu não tinha conseguido muito.

Aí Michael falou, "Bem, você já comeu? Porque eu comprei alguns hambúrgueres vegetarianos..."

Eu levantei os olhos dos tacos de madeira do chão, que eu estava examinando muito atentamente, já que era mais fácil do que olhar dentro dos olhos de pântano de Michael, o que sempre me suga até que eu sinta que não posso mais me mover. Eles costumavam punir criminosos nas antigas sociedades celtas fazendo-os andar num pântano. Se eles afundassem, sabe, eram culpados, e se não, eram inocentes. Só que você sempre afunda quando anda num pântano. Eles descobriram um monte de corpos numa ilha da Irlanda não muito tempo atrás e eles tipo ainda tinham todos os dentes e cabelos e essas coisas. Eles estavam totalmente conservados. Foi meio nojento.

Foi assim que me senti quando olhei nos olhos de Michael. Não conservada e nojenta, mas como se estivesse presa num pântano. Só que não me importo, porque é caloroso e bom e aconchegante lá dentro...

E agora ele estava me perguntando se eu queria um hambúrguer vegetariano. Os caras normalmente perguntam a suas namoradas se elas querem hambúrguer vegetariano antes de terminar com elas? Não era muito bem versada nesses assuntos, então a verdade era que eu não sabia.

Mas eu não achava isso.

"Hum", eu disse, inteligentemente. "Não sei." Achei que talvez fosse uma pergunta capciosa. "Se você for comer um, acho que sim".

Aí Michael falou, "Beleza", e fez um gesto para eu segui-lo, e entramos na cozinha, onde Lilly estava sentada, usando o tampo de granito para colocar os *storyboards* do episódio de *Lilly Tells it Like It Is* que ela ia filmar no dia seguinte.

"Deus", ela disse, quando me viu. "O que aconteceu a você? Você parece que trocou de uniforme com a Fada Açucarada."

"Eu estava num baile", eu lembrei a ela.

"Ah, sim", Lilly disse. "Bem, se você me perguntar, a Fada Açucarada ficou com o trabalho melhor. Mas eu não devia estar aqui. Então não ligue para mim."

"A gente não vai ligar", Michael assegurou a ela.

Aí então ele fez aquela coisa estranhíssima. Ele começou a cozinhar. Sério. Ele estava *cozinhando*.

Bem, tudo bem, não cozinhando de verdade, mais tipo requentando. Mesmo assim, ele totalmente tirou os dois hambúrgueres vegetarianos que ele tinha comprado no Balducci's e colocou-os em uns pães, e aí colocou os pães em dois pratos. E aí ele pegou algumas batatas fritas que estavam no forno, num tabuleiro, e colocou-as nos pratos, também. E aí ele pegou ketchup, maionese e mostarda da geladeira, com duas latas de Coca, e colocou todas essas coisas numa bandeja e aí saiu da cozinha, e antes que eu pudesse perguntar a Lilly o que em nome de Deus era aquilo que estava acontecendo, ele voltou, pegou os dois pratos e falou para mim, "vem".

O que eu podia fazer, a não ser segui-lo?

Eu rastejei atrás dele até a sala de TV, onde Lilly e eu tínhamos visto tantas pérolas do cinema pela primeira vez, tipo *Valley Girl* e *Teenagers — As apimentadas* e *Quinze metros de mulher* e *Amor à segunda vista*.

E lá, na frente do sofá de couro preto dos Moscovitzes, que fica em frente a sua tela de 32 polegadas Sony, estavam duas pequenas mesas dobráveis. Michael colocou os pratos de comida que ele tinha preparado em cima delas. Elas ficaram ali, à luz da imagem do título de *Guerra nas estrelas*, que estava congelada na tela da TV, obviamente em pausa.

"Michael", eu disse, confusa de verdade. "O que é *isso?*"

"Bem, você não podia ir ao Screening Room", ele disse parecendo que mal podia acreditar que eu não tinha descoberto por minha própria conta ainda. "Então eu trouxe o Screening Room para você. Vamos lá, vamos comer. Estou faminto."

Ele podia estar faminto, mas eu estava chocada. Eu fiquei lá olhando para baixo, para os hambúrgueres vegetarianos — que cheiravam divinamente bem — falando "Espera aí. Espera aí. Você não vai terminar comigo?"

Michael já tinha se sentado no sofá e enfiado um monte de batatas fritas na boca. Quando eu disse isso, sobre terminar, ele se virou para me olhar como se eu fosse demente. "Terminar com você? Por que eu faria isso?"

"Bem", eu disse, começando a imaginar que talvez ele estivesse certo e eu realmente *fosse* demente. "Quando eu disse a você que não podia ir hoje à noite com você... bem, você pareceu meio distante —"

"Eu não estava distante", Michael disse. "Eu estava tentando descobrir o que a gente podia fazer em vez de, sabe, ir ao cinema."

"Mas aí você não apareceu no almoço"...

"É", Michael disse. "Eu tive que ligar e pedir os hambúrgueres vegetarianos e implorar a Maya para ir à loja e comprar o resto das coisas. E meu pai tinha emprestado nosso DVD de *Guerra nas Estrelas* a um amigo dele, então eu tive de ligar para ele e fazê-lo devolver."

Eu ouvi aquilo totalmente surpresa. Todo mundo, parecia — Maya, a empregada dos Moscovitzes; Lilly; até os pais de Michael — tinha entrado no plano de Michael para recriar o Screening Room bem ali no apartamento dele.

Só eu tinha ficado sem saber do plano dele. Bem como ele tinha ficado sem saber da minha certeza de que ele ia terminar comigo.

"Ah", eu disse, começando a me sentir como a palerma número um do planeta. "Então... você não está a fim de terminar?"

"Não, eu não estou a fim de terminar", Michael disse, começando a parecer estar com raiva agora — provavelmente da maneira que o sr. Rochester pareceu quando soube que Jane tinha saído com aquele cara St. John. "Mia, eu amo você, lembra? Por que eu ia querer terminar? Agora venha se sentar e coma antes que fique frio."

Aí eu não estava *começando* a parecer a palerma número um do mundo. Eu era *totalmente* essa palerma.

Mas ao mesmo tempo eu me senti incrivelmente, abençoadamente feliz. Porque Michael tinha dito a palavra com A! Disse bem na minha cara! E de uma maneira bem autoritária, exatamente como o capitão Von Trapp ou o Fera ou Patrick Swayze!

Aí Michael apertou o botão play no controle remoto e os primeiros acordes do brilhante tema de John Williams para *Guerra nas estrelas* encheram o aposento. E Michael falou, "Mia, vem. A não ser que você queira trocar esse vestido primeiro. Você trouxe alguma roupa normal?"

Ainda assim, algo não estava certo. Não completamente.

"Você me ama só como amigo?", eu perguntei a ele, tentando parecer cinicamente divertida, sabe, do jeito que René faria, a fim de manter a verdade longe dele — de que o meu coração estava batendo a mil por minuto. "Ou você está *apaixonado* por mim?"

Michael estava olhando por cima das costas do sofá para mim. Ele parecia que não conseguia acreditar em seus ouvidos. Eu não conseguia acreditar nos meus. Eu realmente tinha perguntado aquilo a ele? Simplesmente ido lá e perguntado, esquecendo tudo o que Tina e eu tínhamos conversado?

Aparentemente — a julgar pela sua expressão incrédula, enfim — eu tinha. Eu podia me sentir começando a ficar mais vermelha, e mais vermelha, e mais, e mais vermelha....

Jane Eyre jamais teria feito essa pergunta.

Mas por outro lado, talvez ela devesse ter feito. Porque a maneira com que Michael respondeu fez toda a vergonha de ter tido de perguntar valer a pena completa e totalmente. E a maneira que ele respondeu foi estender os braços, tirar a tiara de mim, deixá-la no sofá ao lado dele, pegar as minhas duas mãos nas dele, me puxar para ele, e me dar um beijo realmente longo.

Na boca.

De língua.

Nós perdemos todo o prólogo com os créditos do filme, por causa do beijo. Aí finalmente quando o som da nave da princesa Leia sendo bombardeada despertou-nos de nosso beijo apaixonado, Michael disse, "É claro que estou apaixonado por você. Agora venha se sentar e coma".

Aquilo foi de verdade o momento mais romântico de toda a minha vida. Se viver para ser tão velha quando Grandmère, nunca serei tão feliz quanto fui naquele momento. Eu só fiquei ali em pé, totalmente emocionada, por mais ou menos um minuto. Quer dizer, eu mal conseguia acreditar naquilo. Ele me amava. Não apenas isso, ele estava *apaixonado* por mim! Michael Moscovitz apaixonado por mim, Mia Thermopolis!

"Seu hambúrguer está esfriando", ele disse.

Está vendo? Está vendo como nós somos perfeitos um para o outro? Ele é tão prático, enquanto eu tenho a cabeça nas nuvens. Será que já existiu um casal mais perfeito? Já existiu um encontro mais perfeito?

Nós ficamos sentados lá, comendo nossos hambúrgueres vegetarianos e assistindo a *Guerra nas estrelas*, ele de jeans e camiseta

Boomtown Rats, e eu em meu traje de baile Chanel. E quando Ben Kenobi disse, "Obi-Wan? Este é um nome que não escuto há muito tempo", nós dois falamos, bem na hora, "Quanto tempo?" E Ben disse, como ele sempre faz, "Há muito tempo."

E quando, bem antes de Luke voar para atacar a Estrela da Morte, Michael deu pausa para ir buscar a sobremesa, eu o ajudei a lavar os pratos.

E aí, enquanto ele estava fazendo os sundaes, eu me enfiei de novo na sala de TV e coloquei o presente dele na mesa de TV, e esperei ele voltar e encontrá-lo, o que ele fez, alguns minutos mais tarde.

"O que é isso?", ele quis saber, enquanto me entregava meu sundae, sorvete de baunilha nadando num mar de calda quente, creme chantilly e pistaches.

"É seu presente de aniversário", eu disse, mal sendo capaz de me conter, porque eu estava tão excitada para ver o que ele ia achar. Era meio que melhor que bombons ou um suéter. Era, eu achei, o presente perfeito para Michael.

Eu senti que eu tinha o direito de estar excitada, porque eu tinha pago um preço muito alto pelo presente de Michael... semanas de preocupação de ser descoberta e depois, depois de ter sido descoberta, ser forçada a valsar com o príncipe René, que era um bom dançarino e tudo, mas que meio que cheirava como um cinzeiro, para falar a verdade.

Então eu fiquei muito ligada enquanto Michael, com uma expressão confusa no rosto, se sentou e pegou a caixa.

"Eu disse que você não precisava me dar nada", ele disse.

"Eu sei". Eu estava dando pulinhos de tanta excitação. "Mas quis te dar. E vi isso, e achei que era *perfeito*."

"Bem", disse Michael. "Obrigado." Ele desamarrou o laço que segurava a minúscula caixa fechada, depois levantou a tampa...

E lá, bem no meio de um monte de algodão branco, estava ela. Uma pequena pedra suja, menor do que uma formiga. Bem menor do que uma formiga, até. Do tamanho da cabeça de um alfinete.

"Ah", Michael disse, olhando para o pequeno ponto. "É... é realmente legal."

Eu ri, deliciada. "Você nem sabe o que é!"

"Bem", ele disse. "Não sei mesmo."

"Você não consegue imaginar?"

"Bem", ele disse de novo. "Parece... quer dizer, parece muito com... uma pedra."

"É uma pedra", eu disse. "Adivinhe de onde ela vem."

Michael olhou a pedra. "Não sei. Genovia?"

"Não, seu bobo", eu ri. "Da Lua! É uma pedra da Lua! De quando Neil Armstrong estava lá em cima. Ele recolheu um monte delas, e aí as trouxe de volta e as deu à Casa Branca, e Richard Nixon deu à minha avó um monte delas quando ele estava na presidência. Bem, ele as deu a Genovia, tecnicamente falando. E eu as vi e pensei... bem, que você devia ganhar uma. Porque eu sei que você gosta das coisas do espaço. Quer dizer, como você colocou essa constelação de adesivos brilhantes no teto em cima da sua cama e tudo..."

Michael levantou os olhos da pedra da Lua — que ele tinha ficado encarando como se ele não pudesse acreditar muito no que estava vendo — e falou, "Quando você esteve no meu quarto?"

"Ah", eu disse, me sentindo começar a corar de novo. "Muito tempo atrás..." Bem, *tinha* sido há muito tempo atrás. Tinha sido bem antes de eu saber que ele gostava de mim, quando eu estava mandando para ele aqueles poemas de amor anônimos "...uma vez quando Maya estava limpando lá dentro".

Michael disse "Ah", e olhou de volta para a pedra da lua.

"Mia", ele disse, alguns segundos mais tarde. "Não posso aceitar isso."

"Sim, você pode", eu disse. "Há um monte delas lá no museu do palácio, não se preocupe. Richard Nixon deve na verdade ter tido uma queda por Grandmère, porque tenho certeza de que temos mais pedras da Lua do que Mônaco ou qualquer outra pessoa."

"Mia", Michael disse. "É uma pedra. Da *Lua.*"

"Certo", eu disse, sem saber direito do que ele estava falando. Será que ele não tinha gostado? Aquilo *era* meio estranho, acho, dar a seu namorado uma pedra de aniversário. Mas não era qualquer pedra. E Michael não era qualquer namorado. Eu realmente achei que ele ia gostar.

"É uma pedra", ele disse novamente, "que veio de 370 mil quilômetros de distância da Terra."

"É", eu disse, imaginando o que tinha feito de errado. Eu só tinha tido Michael de volta, depois de uma semana convencida de que ele ia terminar comigo por um motivo, apenas para descobrir que ia terminar comigo por outra coisa totalmente diferente? Falando sério, não há justiça no mundo. "Michael, se você não gostou, posso devolver. Eu só pensei..."

"De jeito nenhum", ele disse, tirando a caixa de perto de minha mão. "Você não vai ter isso de volta. Só que não sei o que vou dar a você de aniversário. Isso vai ser bem difícil de conseguir."

O que era aquilo tudo? Senti meu rosto corar de novo.

"Ah, isso", eu disse. "Você pode simplesmente escrever outra música para mim."

O que era meio mau de dizer, porque ele nunca tinha admitido que aquela música, a primeira que ele tinha tocado para mim, "Tall drink of Water", era sobre mim. Mas eu podia dizer pela maneira que ele estava sorrindo agora que eu tinha imaginado corretamente. Era. *Totalmente* era.

E então nós comemos nossos sundaes e assistimos ao resto do filme e quando ele terminou e os créditos estavam rolando, eu me lembrei de outra coisa que tinha pensado em dar a ele, algo que tinha pensado no táxi a caminho da casa da condessa, quando eu tinha tentado pensar o que ia dizer a ele antes que terminasse comigo.

"Ah", eu disse. "Pensei num nome para sua banda."

"Não", ele disse com um gemido. "X-Wing Fighters. Aposto."

"Não", eu disse. "Skinner Box." Que é a coisa que aquele psicólogo usou em todos aqueles ratos e pombos para provar que existe algo chamado reflexo condicionado. Pavlov, o cara de quem Michael tinha dado o nome a seu cachorro, tinha feito a mesma coisa, mas com cachorros e sinos.

"Skinner Box", Michael disse, cuidadosamente.

"É", eu disse. "Quer dizer, eu só achei, já que você chamou seu cachorro de Pavlov —"

"Eu meio que gosto", Michael disse. "Vou ver o que os caras acham."

Eu sorri. A noite estava se revelando muito melhor do que eu originalmente pensei que fosse ser, eu não podia realmente fazer mais nada *a não ser* sorrir. De fato, foi por isso que me tranquei no banheiro. Para tentar me acalmar um pouco. Estou tão feliz, que mal posso escrever. Eu...

# Sábado, 24 de janeiro, no loft

Oops. Eu tive de interromper ali na noite passada, porque Lilly começou a esmurrar a porta do banheiro, querendo saber se eu tinha subitamente me tornado bulímica ou algo assim. Quando eu a abri (a porta, quero dizer) e ela me viu lá dentro com meu diário e minha caneta, ela falou, toda mal-humorada (Lilly é mais uma pessoa do dia do que uma pessoa da noite), "Você quer dizer que está trancada aí há meia hora *escrevendo em seu diário?*"

O que eu admito que é um pouco esquisito, mas eu não consegui evitar. Eu estava tão feliz que eu TINHA que escrever, para que jamais esquecesse como era sentir aquilo.

"E você *ainda* não descobriu no que você é tão boa?", ela perguntou.

Quando eu sacudi a cabeça, ela simplesmente saiu batendo os pés, toda furiosa.

Mas eu não podia ficar aborrecida com ela, porque... bem, porque estou tão apaixonada pelo irmão dela.

Da mesma maneira não posso ficar aborrecida com Grandmère, mesmo que ela tenha, em essência, tentado me enganar nessa última aula de princesa da noite passada. Mas não posso culpá-la por tentar. Ela estava apenas tentando parecer melhor na frente da amiga.

Além do mais, ela ligou para cá um tempo atrás, querendo saber se eu estava me sentindo bem depois da trufa estragada que eu tinha ingerido. Minha mãe, representando, assegurou a ela que eu estava bem. Aí então Grandmère quis saber se eu poderia ir até lá e tomar um chá com a condessa... que estava simplesmente morrendo para me conhecer melhor. Eu disse que estava ocupada com os deveres de casa. O que deve impressionar a condessa. Você sabe, com meu diligente trabalho ético.

E eu não posso ficar chateada com René, também, depois da maneira com que ele totalmente veio me socorrer na noite passada. Eu imagino como ele e Bella se saíram. Seria muito engraçado se eles tivessem se dado bem... bem, engraçado para todo mundo menos para Grandmère.

E eu não posso nem ficar com raiva da lavanderia da Thompson Street por ter perdido minhas calcinhas da rainha Amidala, porque esta manhã houve uma batida na porta do loft e, quando eu a abri, nossa vizinha Ronnie estava lá com uma grande sacola com nossa roupa limpa, incluindo as calças de veludo marrom do sr. G e a camiseta Free Winona de minha mãe. Ronnie diz que ela deve ter pegado acidentalmente a bolsa errada no vestíbulo, e aí ela foi para Barbados com seu chefe para os feriados e só agora tenha notado que havia uma sacola de roupas que não eram dela.

Embora eu não esteja tão feliz por conseguir de volta minhas calcinhas da rainha Amidala quanto você possa pensar. Porque, claramente, posso sobreviver sem elas. Eu estava pensando em pedir mais algumas de aniversário, mas agora não tenho que fazer isso, porque Michael, mesmo que ainda não saiba, já me deu o melhor presente que eu jamais ganhei.

E não, não é o amor dele — embora esta seja provavelmente a segunda melhor coisa que ele jamais poderia ter me dado. Não, é algo que ele disse depois que Lilly saiu batendo o pé do banheiro.

"O que foi isso?", ele quis saber.

"Ah", eu disse, colocando meu diário de lado, "ela só está com raiva porque eu não descobri ainda qual é meu talento oculto."

"Seu o quê?" Michael disse.

"Meu talento oculto." E aí, porque ele tinha sido tão honesto comigo, com toda a história de estar apaixonado, eu decidi ser honesta com ele, também. Então eu expliquei, "É só que você e Lilly, vocês dois são tão talentosos. Vocês são bons em tantas coisas, e eu não sou boa em nada, e às vezes eu me sinto como... bem, como se eu não fosse dali. Pelo menos não da classe de Superdotados e Talentosos, enfim."

"Mia", Michael disse. "Você é totalmente talentosa."

"É", eu disse, apontando meu vestido. "Em parecer um floco de neve."

"Não", Michael disse. "Embora, agora que você mencionou, você seja realmente boa nisso, também. Mas eu quis dizer em escrever."

Eu tenho que admitir, eu meio que olhei para ele e falei, de uma maneira totalmente não principesca, "Hã?"

"Bem, é muito óbvio", ele disse, "que você gosta de escrever. Quer dizer, sua cabeça está sempre enfiada nesse diário. E você sempre ganha notas A em suas redações de inglês. Acho que é bem óbvio, Mia, que você é uma escritora."

E mesmo que eu jamais tivesse realmente pensado sobre isso antes, percebi que Michael estava certo. Quer dizer, eu *estou* sempre escrevendo neste diário. E eu realmente faço muitas poesias, e escrevo um monte de notas e e-mails e coisas assim. Quer dizer, parece que estou *sempre* escrevendo. Eu faço isso tanto que nem pensei que isso podia ser um *talento*. É só alguma coisa que eu faço o tempo todo, tipo respirar.

Mas agora que eu sei qual é o meu talento, você pode apostar que vou começar a afiá-lo. E a primeira coisa que vou escrever é um projeto de lei para submeter ao parlamento Genoviano para conseguir alguns sinais de trânsito no centro da cidade. Os cruzamentos lá são *assassinos*....

Logo depois que eu chegar em casa do boliche com Michael e Lilly e Boris. Porque até uma princesa tem que se divertir às vezes.

Este livro foi composto na tipologia *Lapidary 333*,
em corpo 12/17, e impresso em papel
Off-white 80g/m² no Sistema Cameron da
Divisão Gráfica da Distribuidora Record.